薔薇と執事

和泉　桂

幻冬舎ルチル文庫

C O N T E N T S ✦目次✦

薔薇と執事

薔薇と執事 …… 5

あとがき …… 316

✦カバーデザイン＝吉野知栄（CoCo.Design）

✦ブックデザイン＝まるか工房

イラスト・花小蒔朔衣✦

薔薇と執事

1

夜の匂いが、また濃くなった。

妹の様子を見るためにぎしぎしと軋《きし》む階段を上がって屋根裏部屋に向かったルネは、彼女が安らかに寝ているのに気づいて、ほっとする。ルネはその布団を直そうとして、小さく「痛っ」と呻《うめ》いた。

あかぎれができた手がひりひりと痛くて、痒《かゆ》い。冷えた空気が染《し》みるようで、ルネは自分の指を舐《な》めて湿らせてみた。

それでも痒みは消えずに、引っ掻《か》きたくなるのを懸命に堪《こら》える。血が出て指がぼろぼろになると、家事をするのに差し支えるからだ。

「おにいちゃん」

洗いざらしたシャツの裾《すそ》をそっと引っ張られて、ルネはそちらへ顔を向ける。

今の声のせいか、狭苦しいベッドで寝ていたエミリーが、目を覚ましたのだ。

失敗した、とルネは小さく舌打ちをする。

屋根裏部屋は陽《ひ》がまったく当たらないが、時に一晩中咳《せき》をするエミリーの声がうるさいと、養父が遠ざけてしまった。それで気になってしまい、ルネはしょっちゅうここに彼女の様子を見に来るのだった。

「どこへ行くの？」

痩《や》せて、まるで枯れ枝のように細い腕。本来ならば薔薇色《ばらいろ》に輝くはずの頰《ほお》はこけて土気色《つちけいろ》で、目からは光が失われている。寝間着はあちこちが擦《す》り切れていたが、継ぎを当てる余裕もなかった。

とはいえ、エミリーの境遇が特別酷《ひど》いわけじゃない。

この一帯に暮らす子供たちは、だいたいがこんな様子だ。ルネだって背が伸びてきたのにズボンは短くて臑《すね》が出ているし、みっともないことこのうえない。

「エミリー、おれはどこへも行かないよ」

宥《なだ》めるようにルネが言うと、エミリーがふっと息を吐くのがわかった。

「ほんと？」

「本当だ」

鮮やかな金髪に、透けるような青い目。二つ年齢が離れた妹のエミリーは、目を瞠《みは》ってルネを見つめている。

その目は夢見るようにぼんやりと、どこか、自分とは違うところを眺めているようで、時々ルネはぞっとする。

世界でたった一人、自分と血が繋《つな》がっている妹が消えてしまいそうで——怖い。

「でも、どこかへ行きたそうな顔をしてるの」

「行かないよ。おまえがいるのに」

ルネはにこりと笑って、小さな妹の手を握った。

ルネと違って躰《からだ》の弱いエミリーは、心配のもとだった。

「どこにいやがる、ルネ！」

「はいっ」

慌ててがたりと立ち上がったルネに、階下から養父の罵声《ばせい》が飛ぶ。

「水汲《みずく》みが終わってないだろ。この愚図《ぐず》！　そんなにその餓鬼が気になるなら、どっかにやっちまうぞ‼」

怒鳴りつけられて、ルネは唇を噛《か》む。

自分が折檻されたり殴られたりするぶんには構わないけど、エミリーに被害が及ぶのは許せない。

ルネはエミリーの手からそっと自分のそれを離し、桶《おけ》を取るために立ち上がった。

「ごめんね、おにいちゃん」

「ん？」

「私が、病気ばかりしてるから」

「気にするな」

二つしか離れていないのに、妹はとても華奢《きゃしゃ》で折れそうだ。栄養が足りていないのだと思うと、苦しさに胸が痛んだ。

「待ってろ、あとでご飯持ってきてやる」

「うん」

「たっぷり食って、早く元気になれよ。な？」

「ありがと、おにいちゃん」

このままでは、妹は春まで保《も》たないかもしれない。

そんなのは嫌だ。

二人きりの兄妹で、せっかく孤児院から引き取られてきたのだ。自分の養親となったジョージは養い子を働き手としてしか見なさなかったが、それでも、食事さえろくに食べられない孤児院で一生を終えるよりはましだ――と思う。

少なくとも、エミリーと家族ごっこはできる。

絶対に助けてやる。

この貧しさの淵《ふち》から妹だけでも引き上げて、楽にしてやるんだ。

それがおれの、生きる目標だから。

「ルネ」

外に出たルネに背後から声をかけてきたのは、同じ町に住むダニエル・サレだった。

「……よう。散歩？」

年上に対して敬意の欠片《かけら》もないルネの態度だったが、彼はまるで気にしていない様子でにこやかに笑った。

「どうした？　景気の悪い顔だ」

「おれの景気が悪いのはいつものことだよ」

「そんなことはないよ。とても可愛い顔をしてる」

真顔で言われて、馬鹿にしてやがる、とルネは内心で毒づいた。

ダニエルは町でも指折りの富裕な一族の跡取り息子で、勉学も優秀なため将来を嘱望されている。

このまま何の問題もなければパリの大学で学び、判事になるのが夢なのだという。

──夢、か。

ルネには目標はあるけれど、それは夢とは少し違う。夢というのはもっとふわふわしていて、ルネのようなその日暮らしの人間が持ち得ぬものだった。

ダニエルと自分は、違う。

だから彼とはわかり合えない。そう言えば人のいいダニエルは悲しむだろうけれど、それが世の中の真理だった。

「ルネ？　おい、ルネ」

誰かが小声でルネの名前を呼び、その前髪を掻き分けようとする。慌ててその手をぴしゃっと叩《たた》くと、相手は「いってーな」と笑いながら抗議をしてきた。

その声と衝撃で、はっと目を覚ます。

座付き作家のジュスタンで、今のルネには上司に当たる人物だった。

「すみません、でも、おれの顔を見ようとするから」

劇場の舞台裏は狭く、大道具と小道具がひしめいている。シバの女王の宮殿を構成する柱、張りぼてのスフィンクス、椰子《やし》の木。埃《ほこり》っぽい空間は薄暗く、昼寝には打ってつけだった。

もう使わなくなった小道具は整理して物置にしまわれているが、ここの整理にかこつけて、疲れ切っていたルネは昼寝していたところだった。

俳優一同はマチネーとソワレのあいだの休憩時間だし、小道具のルネが一人くらいいなくてもそんなに問題はないはずだ。

「いいだろ、綺麗《きれい》な顔してんだ。隠すほうが勿体《もったい》ない」

「寝てるときに不意打ちは酷《ひど》いです」

「寝てるときくらいしか見せてくれないくせに」

不思議だ。

……幼い頃の夢を見たという記憶はあったのに、もう、妹の顔さえよく思い出せない。目を覚ますといつも記憶に残っているのは、骨と皮のようになった華奢な腕くらいなものだ。

何度も夢に見るのに。

古びた窓枠のささくれや、色褪《いろあ》せたブルーの服の模様はまだわかるのに。

そのくせ養親たちの顔も朧気《おぼろげ》で、自分はしみじみ薄情だ。

死んでしまえば終わりというわけではないけれど、いっそ忘れてしまえればいいと思っているのだから。

「ルネ？」

「あ、いや……変な夢、見て」

変な夢では、なかった。家族の夢だ。

今はもうどこにもいない、失われた存在。

だが、それを口にすると欲しくもない同情を買いそうだったので、ルネは咄嗟《とっさ》に誤魔化《ごまか》した。

「そうなのか。でも、まだ休んでいい時間じゃないぞ」

「すみません」

頭を掻いて立ち上がったルネは、すらっと背の高いジュスタンを見上げた。

「何、すればいい？」

「十三ページ五行目のイヴの台詞《せりふ》を頼む」

「え？『ああ、神様！　私たちの過ちを人に知られてしまった！』……これでいいですか？」

きちんとした節回しで言ってやると、ジュスタンは感心したように唸《うな》った。

「やっぱり上手《うま》いよなあ、その台詞回し。舞台に立ってくれよ」

「冗談ですよね」

短く拒絶するルネに、ジュスタンは「本気だって」と浮かれた調子で告げる。

「何度も言うけどさ、その美貌《びぼう》。絶対に舞台映えするぜ」

ルネはむっと黙り込む。

手先が器用なだけでろくな技術のないルネを拾い、根気強く舞台美術について仕込んでくれたジュスタンには有り難いと思っている。けれども、だからといって、舞台に立つのは嫌だ。

沈黙が、少し長くなった。

それを機にジュスタンはふーっと息を吐き出し、二人のあいだにある緊張感をどこかへ追いやろうとした。

「悪かったよ。おまえは顔のこと言われんの嫌いだもんな。でも、顔抜きだって、舞台に立てば名優になれるぜ」

「買い被《かぶ》りすぎです。顔だけで舞台に立てるほど、世の中甘くない」

「なーに言ってんだ。この一座で、台本をまるっと暗記してるのはおまえくらいだ。顔だけじゃないよ、おまえ。頭いいって」

「それは、あんたが読み書きを教えてくれたからで」

「謙遜《けんそん》しすぎも可愛くないぜ」

ジュスタンはルネの額《ひたい》を小突《こづ》くと、にっと笑った。

「ま、いっか。それより、小道具修理してくれよ」

「わかりました。どれを？」

「さっきの稽古で、剣を壊しちまったんだ」

「また？」

半ば呆《あき》れ返りつつも木製の剣を受け取ったルネは、目を眇《すが》めてそれを検分し、どうやって直そうかと思案する。

最初から作るには上演時間まで間がないので、目立たないように修復するほかない。

パリから遠く離れた田舎町《いなかまち》に住んでいたルネが、こうして一人でこの一座に転がり込んできたのは、家族を全員亡《な》くしたからだ。

原因は流行病《はやりやまい》。

ありがちな理由だ。

最初はエミリーが。次は養母。義弟。最後は養父。

まさか自分一人が生き延びると思わず、ルネは驚かざるを得なかった。

全員の埋葬が終わったあと、ルネは思い立って故郷を飛び出し、誰にも言わずにふらりとパリにやって来た。

パスポートなんてものも先立つものも何もなかったが、それくらいでちょうどいい。身の軽いルネがパリの城壁を越えて侵入するのは容易《たやす》かったし、浮浪児の出入りに限ってはあまり咎《とが》められなかった。

今の自分は、夢もない。その日暮らしで目標もない。

つまり、空っぽだ。

どうやって生きていけばいいかわからないなんて、そんなの……ブルジョワジーの戯《ざ》れ言《ごと》みたいで情けない。

でも、どうすればいいのか本当にわからないんだ。

どうすればこの、胸に詰め込まれた苦いものを忘れられるのか。

「あと、こいつ直せないかな」

ジュスタンが差し出したのは、懐中時計だった。

「時計？　それはいくらなんでも、おれには無理ですよ」

見るからに高価そうなそれは、先月の劇が大入り満員の大人気で、支配人がご機嫌になってジュスタンに贈ったものだ。

ルネも金一封をもらい、あのときは久々に腹いっぱい食事をした。そうしたささやかな楽しみの一つ一つがあって初めて、ルネのような貧乏人は生きる幸福を知るのだった。

「おまえの友達、時計職人なんだろ。金は払うからさ」

パッサージュ・デ・パノラマ《パノラマ街》には多くの店があり、時計を扱っているところもある。だが、ジュスタンの大事な時計を託せるような店はなさそうだ。

「すぐ必要ですか？」

「ま、早いほうがいいな。開幕の時間がずれると困る」

いくら高額とはいえ一座にはほかに時計を持っているものはいる。しかし、時計が壊れていては、いざというときに困るだろう。

いわゆる幼馴染《おさななじ》みで時計職人見習いのダニエルに直せるかは疑問だったが、ジュスタンが本気で困っているのだから、手を貸したほうがいい。

「じゃ、これ直したら行ってきます」

「悪いな」

難儀して模造剣を直したあと、ルネは今のうちに雑用を済ませることにした。

ルネの働く劇場は、パリでも最初のパッサージュに位置する。七十年ほど前に作られ、ガラスの天蓋《てんがい》を持つこの通りは、雨でも傘を差さずに買い物ができるので特に人気がある。その一番奥にある劇場は、常にパリの街を闊歩《かっぽ》する紳士淑女で満杯だった。

ここを歩いていると、パリに住む人間は二種類いるのがよくわかる。

毎日を享楽的に浮かれ騒いで過ごす富民にして、劇場のお客様の紳士淑女。それとは対極で、ルネたちのように奈落《ならく》からは永遠に這《は》い上がれない、その日暮らしの貧民。

どちらがいいかなんて、明白だ。

もしルネに金があれば、妹を死なせずに済んだ。せめて薬をもらい、もう少し長生きさせられた。

陽の当たらないじめじめした屋根裏しか知らないような、そんな生活をさせずに済んだ。

でも、現実のルネはただの貧乏人だ。金もなく、学もない。這い上がるきっかけさえない。

ジュスタンが読み書きを教えてくれたが、それだけでは何の武器にもならない。かといって、この顔と躰を使うのは負けたようで嫌だ。

モンマルトルからサン＝ソヴール通りまでは、徒歩で往復すると一時間ほどかかるが、戻れぬわけではない。何より、こんな大事なものをいつまでも預かっておくのは気が引けた。

故郷の田舎町で知り合いだったダニエルとは、数年前にパリの雑踏で再会した。

いかにもお上りさん丸出しだったダニエルが掏摸《すり》に遭っているのを見て、つい、財布を取り戻す手助けをしてやったのが始まりだ。

自分とあからさまに立場が違い、田舎の両親の期待を一身に背負ってパリに出てきたダニエルとつき合うのは、あまり気が進まなかった。

だけど、結局は友達が欲しかったのだ。

年上のダニエルは同年代の少年たちのような面倒な子供っぽさがなく、対等に話せた。

けれども、優秀な大学生で将来を嘱望されていたくせに、彼はご多分に漏《も》れず政治運動に引き摺《ず》り込まれ、そして友達を庇《かば》って未来を絶たれてしまった。

両親にも勘当され、ダニエルは天涯孤独になった。

要約してみればよくあることだ。

それでもダニエルはこれからどうするのだろうと密かに案じていたところ、彼は学校をやめて時計職人のところへ弟子入りした。

贅沢《ぜいたく》はできない環境だが、彼なりに仕事に打ち込んでいるのだろう。いずれ親方はダニエルを独り立ちさせるのではないかと思っている。

貴石をあしらった美しい時計は、この店でも人気の商品の一つだ。ウインドウに飾られた時計をうっとりと見つめ、ルネはため息をつく。ダニエルが親方の時計に惚《ほ》れ込み、この店に弟子入りを志願したのがよくわかった。

店の裏口に回ったルネは、そこでダニエルを呼ぶ。ややあって見習い小僧が顔を出し、ダニエルに取り次いでくれた。

「ダニエル」

「どうした、ルネ」

笑ったダニエルはそっと手を伸ばし、ルネの長い髪の毛を掻き分けた。

「物が見づらいだろ、それじゃ」

「いいんだよ。どうしてみんな、おれの顔のことばっか気にするんだ」

苛々《いらいら》したようにルネが言うと、ダニエルが微《かす》かに笑う。知っているくせにとでも言いたげな雰囲気に嫌気《いやけ》が差し、ルネは渋々口を開いた。

「時計の修理、頼まれてくれない？」

「どれ。へえ、意外といい時計だな。どうした？」

蓋《ふた》をぱちんと開けたダニエルは検分し、時計の針が動いていないのに気づいて「壊れてるのか」と呟《つぶや》いた。

「ジュスタンのだよ。おれは時計なんていらないからな」

「なるほど」

頷《うなず》いたダニエルはそれを受け取り、「親方に見せておくよ」と言った。

「悪いな」

「いいよ。おまえと俺なら、持ちつ持たれつだ。ジュスタンはおまえの世話をしてくれてるんだし」

「なら、うちの一座、一度くらい見に来ればいいのに」

「高いからな」

ダニエルは肩を竦《すく》め、「今の芝居、どうなんだ？」と尋ねる。

「おかげで大入りだよ」

「よかった。客が少ないより多いほうが、作りがいがあるだろ？」

「まあな。じゃ、行くよ」

穏やかな笑みを浮かべたダニエルは、「じゃあな」と言って名残惜《なごり》しげにルネの髪を撫《な》でた。

ずっとこんな日々が続くと思っていた。

代わり映えせずに、退屈な、同じ日々が。


「あ、あの」

唐突に女性に声をかけられたルネは、それを聞き流す。自分の知り合いが、このサン＝ソヴール通りにいるわけがない。ダニエルならば別だが、この甲高《かんだか》い声、明らかに若い女性のものだ。つまり、ルネには関わりがない。

ダニエルの店に時計を預けてから、一週間。

そろそろ修理ができあがったのではないかと進捗《しんちょく》を確かめに行ったルネを呼び止めたのが、その声の主だった。

「あの、すみません」

もう一度呼びかけられ、ルネは仕方なく足を止める。

自分を呼び止めたのは、いかにも良家のメイドという風情《ふぜい》の年若い少女だった。

質素だが身なりはそれなりにきちんとしている。とはいえ、パリの裏通りは慣れていないのか、見るからに怯《おび》えていた。

「おれに、用？」

身なりこそ真っ当だが万が一美人局《つつもたせ》か何かで、難癖《なんくせ》をつけられては面倒だ。ルネは極力威圧的な調子で少女を見据えた。

「はい」

彼女はこくこくと何度も頷き、それから、阿《おもね》るようにルネの顔を見上げた。

「サビーヌと申します。顔をよく見せてもらえませんか？」

「は？」

初対面の相手なのに、意味が、わからない。

「ですから、顔を」

「……なに、あんた。警察か何かの関係？」

顔のことを話題にされてルネが不機嫌になりかけたとき、彼女はあわあわと手を振った。

「あの、ええと、深い意味はないんです。ただ、私の主《あるじ》があなたを見かけて」

「あんたの主が？　それがおれとどういう関係があるんだよ」

「あなたと話をしたいと」

「………」

「だから、顔立ちを確めたいんです」

ルネの顔を見て話をしたいと言う——どう考えてもど変態の好事家《こうずか》に見初《みそ》められたに決まってる。

残念ながら、お相手はしたくない。

世間知らずの餓鬼《がき》じゃあるまいし、拒絶するだけの判断力がルネにはあった。

「悪いけど、無理」

ルネは相手に向かってそう言い放った。

「えっ」

サビーヌは目を瞠り、今にも泣きそうな顔になってルネを見つめている。

何なんだ、こいつは。

鈍くさいし、何が言いたいのかさっぱりわからない。突き放してしまいたかったが、その頼りなさが妙に妹を思い出させて、放っておけない。

ルネは舌打ちをする。

金にならない相手には親切にしない主義だったが、今日ばかりは仕方がない。

「こっち」

サビーヌの腕を摑《つか》んで、ルネは邪魔にならない場所まで彼女を引っ張っていく。あんなところで立ち話をしていては、馬車にでも撥《は》ねられかねないからだ。

それから、改めて彼女をまじまじと見つめる。

いかにも田舎者で垢抜《あかぬ》けていない様子だが、それはすなわちすれていないということで、確かにサビーヌはそれなりに金持ちの家で雇われているのだろう。

たぶん、彼女の仕事先については本物だ。

「理由、話してみろよ」

「はいっ」

サビーヌの顔が俄《にわか》に明るくなった。

「私の主が、このあいだのカーニヴァルのときにあなたを見かけたんです。そのとき、ご自分に似ていると気づいて……あなたに会いたいと」

カーニヴァルというのはイースターの前にある謝肉祭のことだ。カソリックの行事では、その日を最後に四十日ほど肉を食べられなくなる。そのため、人々は好き放題食べ、乱痴気《らんちき》騒ぎをし、仮装行列や山車が練り歩く。パリはいつになく華やかな空気に包まれ、秩序をなくすのだった。いくらルネでもお祭りは気になり、見物に行ったのだ。

「どうでしょうか」

さすがにそんな甘言に騙《だま》されるほど、ルネは愚かではない。

「サビーヌ、あんたのご主人様は男が好きなんだろ。素直にそう言えよ、気味が悪い」

「えっ？」

「このパリで、金持ちが男を捜す理由なんてそれくらいしか思いつかないけど」

明け透けなルネの言葉に、彼女はかああっと頬を赤らめる。

「そんなことはありません！　今の当主は女性ですし、坊ちゃまは十五です」

「おれと同じ……か」

「ええ。ただ、お友達が欲しいだけなんだと思います。坊ちゃまはとても淋《さび》しい方なんです」

「友達、ねえ……」

おどおどしたサビーヌが、ルネを欺くために上手《うま》い嘘をつけるとも思えなかった。

ルネは面倒くさくなったが、ブルジョワジーの知り合いなんて滅多にできるものではない。暮らし向きを自慢されるのは業腹《ごうはら》だが、いざというときに金を無心できる相手がいれば好都合だ。

——まあ、そんな惨《みじ》めな人生は御免《ごめん》だったが。

「そいつ、そんなにおれに似てる？」

「はい、とても。服装と言葉遣いが違えば、私だって見分けがつかないほどです。口を利けばわかってしまいますけど」

「……ふうん」

ルネは考え込むふりをする。

だいたい心は決まっていたのだが、少し焦《じ》らしたほうがいい。そう思ったからだ。

「そうだな。旨《うま》いものを食わせてくれるっていうなら、一日くらいつき合ってもいいぜ。家を訪ねて石でも投げられるのは御免だが、あんたらが招待してくれるんだろ？」

ジュスタンは次の新作を執筆中で、詳細が決まるまでは時間がある。小道具も大道具も暇を持て余している始末だったし、暇つぶしにはもってこいだ。

「はい。ただ、一つ問題があるんです」

「どういう？」

「執事のヴァレリーさんがとても厳しくて、なかなかお客様を呼べる状況ではありません。坊ちゃまと相談して家にお招きする算段をしますので、それまで暫《しばら》く待っていただけませんか？」

「いいよ。わかった。朗報を待ってる」

ひらっとルネは手を振る。

「あの！　待ってください、連絡は」

「三日後、この時間にまたここに来る。それまでに考えておけよ」

「あ、はいっ！」

彼女はほっとしたような、怯えているような、そんな微妙な顔つきで首を縦に振った。

自分にそっくりなブルジョワジーの少年、か。

好奇心に駆られたルネは、真《ま》っ直《す》ぐに帰らずにサビーヌの後をつけた。彼女は気持ちが軽くなったらしく、弾んだ足取りで帰路を辿《たど》る。

追跡には数十分かかったものの、彼女がアルノー家に足を踏み入れたところで終わった。

——なるほど、ここだったのか。

アルノー家のことはさほど知らないが、確か、老女が当主で社交が嫌いだと聞いた気がする。貴族ではないものの、元は商人で、いくつもの工場を経営するやり手だと聞いていた。

年老いた女主人と、若くて好奇心旺盛な孤独な少年。

それならば、つけ込む隙《すき》はあるかもしれない。

「つけ込む……ねえ」

自分の発想に苦笑し、ルネはじっとその大邸宅を見つめる。

夕陽に照らされて輝く豪邸は、まるで、ルネを手招きしているかのようだ。

ここにおいで、と。

この御殿はおまえのものだと。

「！」

馬鹿馬鹿しい。妄想にもほどがある。

――でも。

でも、その御曹司《おんぞうし》がサビーヌのように間抜けだったら？

上手くすれば、手に、入るのだろうか。

豪華な家、有り余るほどの金、旨い飯にふかふかの寝台。

ルネは自分の心に兆《きざ》した奇妙な衝動に動揺し、それを押しやろうとする。

だが、逆にその欲望は一気に膨れ上がった。

欲しい。

欲しくてたまらない。

この、家を。

そうやって金持ちになって一からやり直して生まれ変われば、エミリーのことを忘れられるのではないか。

普通だったらとてもあり得ない話だ、けれども、本当に御曹司がルネそっくりだというのなら、何とかなるのではないだろうか。

たとえばその御曹司を攫《さら》って入れ替わるとか、殺してしまうとか、脳病院にでも送り込むとか――。

このあいだまでジュスタンが書いていた脚本がそんな内容で、ルネはつぶさに筋を思い出すことができた。芝居はあくまで作りもので現実とは無縁だと思い込んでいたけれど、存外、事実は小説より奇なりとなるのかもしれない。

どうせ今だって、ルネは何も持っていないのだ。少しくらい悪事を働いても、これ以上失うものなんて何もない。

ルネにとって一番大切だったもの――家族はとっくにいないのだ。


パリの街は城壁で囲まれ、有限の都市の中はいくつかの区で分けられている。パリの人口が増えるに従って家賃は高騰し、貧乏人たちは新しく不便な区へと追いやられた。そんな中でも例外的にいくつかの貧民街は残っていて、その一つが奇跡小路《きせきこうじ》だ。

免税民――税金を払えない輩《やから》が大勢住んでおり、彼らの多くは物乞《ものご》いだ。足を引き摺《ず》りながら物乞いをするくせに、一歩この小路に足を踏み入れると踊りだしそうなくらいに元気になる。あたかもそれが神の奇跡のようなので、奇跡小路と呼ばれているのだ。

その一角、皆が雑魚寝《ざこね》する家がルネの塒《ねぐら》だ。もっとも、金がないときは野宿するので、塒に戻れるのは滅多にない。どうせ身一つで荷物らしいものは服だけだ。それは同じ奇跡小路に暮らすダニエルが預かっていてくれた。

「ルネ」

奇跡小路に戻ってきたルネに声をかけてきたのは、仕事帰りと思《おぼ》しきダニエルだった。

「よ。今、帰り？」

「うん、修理で手こずったんだ」

優しい顔をして笑うダニエルは、昔とちっとも変わらない。

ダニエルは政治運動に加わってその夢に破れ、大学をやめて家も勘当されたくせに、ちっとも腐っていなかった。

仕方ないさ、そう笑って、彼は時計職人になるという新しい夢を見つけた。

要するに、彼はルネとは心がけが違うのだ。

それが、眩《まぶ》しい。

だからルネは、ダニエルには完全に心を許しきれない。自分と彼の違いを噛み締めて生きるばかりなのは、苦しいからだ。

ごみ屑《くず》ばかりが落ちた埃っぽい狭苦しい路地に、後ろからずるずると足を引き摺った老人がやって来て、二人を見つめて「おお」と笑う。薄汚れた包帯は、今日一日人通りの多い往来で物乞いをしていたせいだろう。

「爺《じい》さん、今日の稼ぎは？」

奇跡小路に入ってから数歩よろめいたあと、老人は急にしゃっきり歩きだした。

それから、ひひっと下卑《げび》た笑い声を上げる。

「美しいご婦人が恵んでくださったよ」

「そいつは結構」

「やれやれ、これで明日は往来に行かなくてすむ」

今にも走れそうなくらいに軽やかな足取りの老人に、ルネは小さく吹き出す。

奇跡小路に住むのは、こんな連中ばかりだ。

他人の懐《ふところ》を狙《ねら》い、少しでも金になるなら何でもする連中。彼らは人の善意でさえも、平気で金に換えられる。罪の意識なんて、当然、欠片もなかった。

そこに染まりきっている自分はともかく、善良なダニエルはこの環境によく耐《た》えられるものだ。

「ん？」

ルネの視線に気づいたらしい彼が微笑《ほほえ》んだので、ルネは肩を竦める。

「何でもなーい」

「そうか」

少し淋しそうにダニエルが笑い、そして口を噤《つぐ》んだ。

ダニエルが自分を好いていることくらいわかっていたし、勢いで彼と寝たことは何度もある。

だけど、心と心を交わすような仲にはなれない。

ダニエルが自分に対して求めているのは躰ではなくて、心というものだ。

それはルネにとっては一番価値のないものだが、それでも、誰にもやれないものでもある。

この肉体と心は、ルネが持っている数少ない自分だけのものだったからだ。

2

サビーヌが持ってきたドレスを廃屋《はいおく》で広げてみて、ルネはふうと息を吐いた。

傾きかけた家は表通りから離れており、喧噪《けんそう》一つ届かない。春の風はまだ冷たく、一度日《ひ》蔭《かげ》に入ると全身がひんやりとした。

レースがふんだんにあしらわれたドレスは、さぞや高価だったに違いない。

衣服は自分のサイズに合わせて作らなくてはいけないので、凝ったデザインのものは基本的に注文になる。

このために買ったらしいドレスも、さぞや金がかかっているのだろう。

風呂に入るだけの駄賃をもらって躰《からだ》はさっぱりしたし、髪を切り、垢《あか》じみたところもない。

仕上げにこのくそ重い女物のドレスを着るのが、何よりも面倒だ。

けれども、アルノー家に入り込むにはジルの従姉《いとこ》の振りをして訪問するのが最適だと言われ、結果的に女装することになったのだから、仕方がない。

「お手伝いしましょうか」

おずおずとサビーヌに申し出られても、うんざりするだけだ。

「いや、これくらいは自分で着られる」

必要とあらば楽屋では女優陣の着替えまで手伝うので、逆に、女性のドレスを着用するのくらいお手の物だ。

「そうなんですか？」

「言っておくけど女装趣味はないからな。仕事の関係」

自分がどんな仕事をしているかは、サビーヌには一切言わなかった。どこでどう、尻尾《しっぽ》を摑《つか》まれるかわからない。ルネの身の上をあまり明かしたくなかったからだ。

それでも自分を信頼するあたり、この女は鈍いのか世間知らずなのか、そのどちらかだ。

いや、もしかしたら彼女は目を瞑《つぶ》っているのかもしれない。

「決行は明後日《あさって》だったな」

「はい」

失敗したらどうしようとでも言うように、サビーヌはそわそわしている。

初めて会ってからこの方、サビーヌと顔を合わせるのは三度目だったが、彼女はいつもおどおどしている。

四六時中びくつくようなことが、世の中にはどれだけあるっていうんだろうか。

「なあ、あんたに相談なんだけどさ」

「えっ、私に？　何ですか？」

動揺からか甲高《かんだか》い声を上げたサビーヌが首を傾《かし》げ、ルネをじっと見つめた。

「実際のところ、どうなわけ」

「どうっていうのは」

何がどうなのかわからないという口調だった。

「ジルだっけ？　あんたの坊ちゃまの道楽につき合って、何か月もおれを捜してたんだろ」

「ええ」

サビーヌの顔が一瞬翳《かげ》ったのを、ルネは見逃《みのが》さなかった。

「正直無謀だし、頭にこなかったの？」

「それは、まあ……」

やはり、この小娘は自分の主人にいい思いを抱《いだ》いていないようだ。

初めて話したときから感じていることだったが、こういうときのルネの直感は当たるものだ。

味方が一人いれば、ルネの企《たくら》みはぐっとやりやすくなる。それが例のお坊ちゃまに一番近い存在であれば尚更だ。

要は、味方次第でルネにもつけ入る隙《すき》ができる。

炯々《けいけい》と光る目でルネはサビーヌを見つめ、ぐっと一歩詰め寄った。

「なあ」

「な、何ですか」

「ぎゃふんと言わせてやりてえって思わない？」

「ぎゃふん？」

意味がわからないという顔つきにいらつきかけたものの、ルネは心中でエミリーの名前を唱えることでぐっと堪《こら》えた。

そうだ、こいつは死んでしまったエミリーが大人になったと思えば、腹も立たない。

もう顔も覚えていない、大事な妹。

大事だからこそ、逆に何もかも忘れてしまったのかもしれない。

あの子のことを思い出すと、悲しくて――悲しくて。

「つまり目にものを見せるってことさ」

仕返しをしろということに気づいたらしく、途端にサビーヌは真っ青になって首を横に振った。

「ああ、神様！」

とんでもないと言いたげに十字を切り、彼女はがたがたと震えだした。

「そんなことしたら、くびになってしまいます」

よし、こいつは悪くない。寧《むし》ろ、上々の反応だ。

ルネは心中でほくそ笑んだ。

サビーヌは罪を犯すことではなくて、職を失うことを恐れている。

つまり、サビーヌのジルに対する忠誠心なんてものは、ほんのわずかにすぎないのだ。

だったら、その忠誠心を粉々にして、彼女を自分の味方にしてやる。

「その前にがっぽり金をせしめればいいだろ」

「どうやって？　坊ちゃまには自由になるお金なんてないですし、マリー様はとても渋いし
……絶対に無理です」

それを耳にしたルネはにっと笑い、サビーヌのきょときょとと動く双眸《そうぼう》を捉《とら》えた。

「おれが坊ちゃまと入れ替わる」

「何ですって？」

「あんたが見間違えるほど似てるんだろ。上手《うま》くやれよ。入れ替わったまま、おれがジル・アルノーになる」

「そんなの、無理に決まってます！」

お決まりの反論だったが、ルネは彼女を説得する自信があった。

「あんたに迷惑はかけないよ」

安全の保障、そして何よりも、金だ。

貧乏人のルネは、同じ階層の人間の気持ちはよくわかる。

サビーヌのちっぽけな忠誠心は、金で買い取れるものだった。

「大丈夫だって。あんたは後腐れなく、仕事を辞めちまえばいい。おれがあんたのために金を作ってやるから、それで田舎《いなか》で小間物屋でもやればいいんだ。田舎に行けば罪悪感も薄れるだろうし、おれもあんたとは一切関わらないよ」

「…………」

彼女の視線が揺らぐのがわかった。


「坊ちゃま、お客様です」

サビーヌの声はあからさまに震えていて、ルネは舌打ちしたくもなる。

やれやれ、度胸のない女はこれだから困る。彼女の様子が変では、ジルとやらに策謀がばれてしまいかねない。

まあ、これはこれで、邸内に怪しいものを引き入れてしまったことへの緊張感と思えばいいのだろうが。

あまりきょろきょろしてもおかしいのでルネは帽子を目深《まぶか》に被《かぶ》って極力視線を動かさなかったものの、屋敷の中の様子は何となくはわかった。

いかにも金持ちの屋敷に相応《ふさわ》しい装飾品の数々。

埃《ほこり》一つ落ちていない清潔な住居は、ルネのそれとは対極にあった。

「通せ」

どこか高慢そうなくぐもった声がドアの向こうから聞こえ、ルネは漸《ようや》く当該の人物に対面できるのだと昂奮《こうふん》に胸を震わせた。

「はい」

サビーヌがドアを開けたので、ルネはその中に滑り込む。

椅子《いす》に腰を下ろして自分を待ち受けていたのは、白い膚《はだ》の少年。生憎《あいにく》、角度とルネの被った帽子の鍔《つば》のせいで、それしか見えなかった。

でも、その口許《くちもと》だけでもわかる。

桜色の唇はあくまで優雅で、もの言いたげに震えていて、覆わず見惚《みほ》れてしまう。

「まったく、ふざけてやがる」

相手に見惚れてしまったことに恥じ、ルネは自分を罵《ののし》った。それから女物の鍔の大きな帽子を脱ぎ捨て、それをぽいと椅子に放る。

ジルが微《かす》かに唇を動かしたものの、ここぞとばかりに下町の言葉遣いを続けた。

ぽんぽんと関係のない台詞《せりふ》が口を衝《つ》いて出たのは、ルネなりに緊張していてどうにかなりそうだったからだ。

「このきついドレス、食ったものを全部吐き出しそうだ。まったく、女ってやつはこんなもの身につけて、ご苦労ったらありゃしない」

そこまで言ってから、ルネは相手の視線に気づいた。

そうだった。

どんな顔をしているのだろう。その目は、鼻は、髪の色は？

「！」

振り返ったルネは、今度こそ完璧に相手に見蕩《みと》れた。

美しい金髪に、青い目。白磁のような膚。頰《ほお》は健康的な薔薇色《ばらいろ》で、睫毛《まつげ》が長い。

服装は面白みのない黒い上下だったが、シャツの白さに目を惹《ひ》きつけられる。

見つめ合えば、そのまま時が止まりそうになる。

――似ている。

似ているんだ、とても。

もしかしたら、自分たちは双子の兄弟か何かだったのだろうか。

「……へえ」

このままではただ見つめ合うだけで時間切れになりそうで、ルネは強引に言葉を発した。

「似てるじゃないか。あんたがジル？」

「そうだ」

Gillesとは男性名に使うが、同時に道化を意味する単語もある。つまり、目の前にいることの美しい少年は生まれながらに道化となることを意味づけられている。

滑稽だけど、ぴったりじゃないか。

「大仰《おおぎょう》なご招待どうも。何の用？」

「君に会って話を聞いてみたかったんだ」

「へえ？　どんな？　貧民の暮らしってやつをかい？」

遠慮せずに奥へ向かったルネはけらけらと声を立てて笑うと、ジルのベッドにどさりと腰を下ろした。

信じられないことに、天蓋《てんがい》つきのベッドだ。

ベッドはこちらがびっくりするほどにやわらかく、躰が沈み込む。

「ふうん、やわらかなベッドで寝てるんだな、お金持ちは」

品のよい蔦《つた》模様の壁紙に、磨き上げられた家具。どれもがルネの暮らしとは縁遠いものだった。

「君はどんなベッドで寝てるんだい？」

「ベッドなんてないよ」

皆で床でごろ寝する程度の塒《ねぐら》には、ベッドなんて洒落《しゃれ》たものはなかった。

「ベッドがない？　じゃあ、どこで暮らしてるんだ？」

「おれの住《す》み処《か》はサン＝ドニ門近くの奇跡小路《きせきこうじ》っていうところだ」

「奇跡小路……面白い名前だね」

ルネの傍らに腰を下ろし、ジルはサビーヌに「お茶だけ持ってきて」と命じて下がらせた。

「どうしてそんな名前なの？　神様の奇跡が頻繁に起きるとか？」

「奇跡小路に住んでるやつの中には、働かないで金を稼ごうとする連中も多い」

「働かないで？　お金持ちなの？」

「物乞いをしてるんだ。まあ、ある意味じゃ働いてるか」

さらりと答えたルネは、ジルの手にそっと自分の指を這《は》わせた。

すべすべした手は、やわらかい。まるで赤ん坊の膚みたいだ。

「物乞いと奇跡の関連がわからないよ」

「連中は、本当に目や耳が悪いわけじゃない。言ってみれば役者なんだ」

「どういう意味？」

「鈍いな。表通りでは足が悪い振りをしてじっと蹲《うずくま》ってるけど、一歩奇跡小路に戻ればダンスだって踊れそうなくらいに元気になる。その豹変ぶりがまるで神様の奇跡みたいだから、奇跡小路って言うんだ」

あまりのことに、ジルはぽかんとしてルネを見つめた。

「わかったろ？」

「面白そうだね！」

ジルが食いついてきたので、ルネは得意になって自分の仕事のことなどを話した。

ひととおり下町の愉快な生活を披露したあと、さりげなく本題に入る。

「おまえはどうなんだ？　学校は楽しいか？」

「楽しくなんて、ないよ。みんな退屈な坊ちゃまばかりで」

「おれから見たら、おまえも十分退屈な坊ちゃまだけどな」

嫌味に気づいたのか、ジルが表情を曇らせたので、ルネは心の中で舌を出した。

いけない。

ここではジルに下町の楽しさをたっぷり宣伝しなくてはいけないのだ。

「けど、今回はおれに会えてよかったな。おまえにも、面白い冒険をするチャンスができそうだ」

「ホント？　たとえば？」

「いや、それはおれが考えることじゃないけどさ」

ルネはぎりぎりのところで確答を避けた。

言わせてやる。

あたかもジルの思いつきのように、その考えに誘導してやる。

ルネから持ちかければ怪しすぎるが、自分の思いつきならば、ジルだって不審には思わないだろう。

「…………」

ちょうどサビーヌが運んでくれたお茶を飲みながらぼんやりと思念を巡らせている様子のジルは、そこで「あっ」と声を上げた。

「ん？　思いついたか？」

「入れ替わればいいんだ！」

弾んだ声は、ルネを十二分に満足させるものだった。

「入れ替わり？」

――食いついた。

なんて単純で素直なお坊ちゃんなんだろう、とルネは感心する。

ちょっと示唆《しさ》しただけで、すぐにルネの思いどおりに動いてくれる。さすがにここまで純粋だと、騙《だま》すのが申し訳なくなってしまう。

けれども、ルネには望みがある。

そのためにはジルを陥《おとしい》れることくらい、わけがなかった。

「そう。僕と君が、暫《しばら》く入れ替わるんだ。それって面白くない？」

「面白いけど、危険じゃないか？　気づかれたら、おれなんてこの屋敷から叩《たた》き出されそうだ。警察に捕まるのは御免だぜ」

「ルネはそういうの、苦手？」

「まあ、やれって言えばやれるけどな」

もともと演技力には定評があるので、ジルがみっちりと仕込んでくれればそれなりにものになるという自信はあった。

もう戻れないところまで計画を進行させて、あとは一気に始めてしまえばいい。

「じゃあ、やろうよ！」

「任せておきな。おれはタンプル大通り一の役者だからな」

ルネは頼もしく胸を叩き、ジルを見下ろす。

そう、こんな甘っちょろいお坊ちゃんを罠《わな》に嵌《は》めることくらいどうってことはない。

要は度胸の問題だった。

3

ふかふかの寝台の上で一晩、ルネはぐっすりと眠った。

これでもまだ、物足りない。いくらだって眠れそうなくらいだ。

それでも今日は学校とやらに行かなくてはいけないと、ルネは上体を起こしてベッドの上で大きく伸びをする。

「おはようございます、ジル様」

大あくびをしていたルネのところへやって来たサビーヌは、緊張した面持《おもも》ちでこちらを阿《おもね》るように見ている。

もしかしたら、二人の見分けがつかないのだろうか。

「どっちだと思う?」

「あ、ええと……ルネ、様?」

「面白みもない質問だったな。正解だ」

サビーヌみたいにぽーっとした人物に、二人の見分けがつくとは到底思えない。今はルネの質問がまずかったのだ。

「ジル様は？」

「厨房じゃないか？　頃合いを見て馬車に乗らなくちゃいけないからな」

入れ替わりの手段は、極めて単純だ。ルネはこの家をこっそり探り、生け垣の隙間から入り込むのを覚えて、ジルのもとへ何度も通った。ジルになりすますにあたり、いろいろと覚えることがあったからだ。けれども、ジルがそこから上手く出入りするとは思えない。

そこで、ジルに出入りの商人が荷を下ろしているあいだに馬車に忍び込ませて、パリの街中で下りるよう言った。馬車から飛び降りれば、そこでダニエルと合流できるだろう。道案内にダニエルをつけたのはルネとしての親切心と、それから、入れ替わりに十分な期間だけ彼にジルを足止めしてほしいという思惑からだった。

「できるのかしら……」

「ジルだってそれくらいの才覚がないと、家から抜け出すなんて永遠に無理だな」

サビーヌが給仕してくれた朝食は、この世のものとは思えぬほどに旨かった。

あたたかいクロワッサンに卵料理、フルーツに珈琲《コーヒー》という完璧な朝食。

この食事をできただけでも、金持ちの御曹司《おんぞうし》と入れ替わった価値がある。

ジルは自分と同じ顔をして、こんな贅沢《ぜいたく》なご馳走《ちそう》を毎日食べていたわけだ。

さすが、商人から身を起こして事業を拡大し、今はパリ市内に多くの不動産と、そして地方都市には大規模な工場を持つアルノー家だ。ジルのような脆弱な御曹司にとってこの家は、覚悟もなく引き継げば、ぺしゃんこになって潰れてしまいそうなほどの重荷に違いない。

「おまえから見て、どうだ？」

「そりゃあもちろん、お坊ちゃんとは違います。でも……」

そこでサビーヌが言い淀《よど》んだので、ルネは「でも？」と語尾を上げて先を促《うなが》してやる。

「もしかしたら、皆は気づかないかもしれない。それが怖いんです」

サビーヌにとっては怖いことだろうが、ルネにとっては好都合だ。

「変に気に病まなくていい。それより、あんたよりもジルのことをよく知ってるやつは、この家にいるわけ？」

「ヴァレリーさんくらいです」

ヴァレリーというのは、昨晩も少しだけ顔を見せたこの家の執事だ。彼はルネを目にしても偽物だと見抜けず、ただ就寝の挨拶をしただけだった。

要するに、あの端整な顔立ちの男の目も節穴だ。

「そうか……」

上流階級の家庭において、小間使いたち使用人は一種の「目に見えない存在」らしい。

彼らはいないものとして扱われ、仕事をしているところをできるだけ見られないようにする。ジルづきの小間使いのサビーヌは別だが、使用人の中には、ジルの声すらろくに聞いたことがないものさえいるのだという。

「あ！　いけない、そろそろ着換えてください。遅刻してしまいます」

「了解」

ルネは首肯し、手についたパン屑《くず》をぺろりと舌で舐《な》め取る。それから、傍らに控えていたサビーヌが出す順番にぱっぱっとシャツや靴下を身につけ、彼女が驚くくらいの手早さで着替えを済ませた。

「すごいわ。ジル様とはまったく違うのね」

「こいつも仕事柄さ」

「髪にブラシをかけさせてください」

「いいよ、これくらい、自分でやるから」

「だけど、それでは私の仕事が」

サビーヌは控えめに抗議の声を上げる。

「あんたの仕事を少し減らしてやろうって言うんだ。悪くないだろ」

「ヴァレリーさんに怪しまれます」

「じゃあ、ヴァレリーが見てるところでだけあんたをこき使うよ」

ルネはそう言うと、自分の髪もさらりと梳《と》かしてしまう。

目を凝らすまでもなく、すらりとした鏡像はどこからどう見ても優美な御曹司だ。

そばにいるサビーヌも目をぱちくりとさせており、彼女の前で一回転してやる。

我ながら、上出来だった。

二人で言葉もなく鏡を覗《のぞ》き込んでいたところにこつこつと扉を叩《たた》かれ、途端にサビーヌが居住まいを正した。

どうやら、例の執事の再登場と相成るらしい。

廊下の向こうから、低く美しいがくぐもった声が聞こえてきた。

「よろしいですか？」

「はい」

すぐに扉が開き、背の高い男が姿を現す。ルネの姿を見て軽く一礼したヴァレリーは、上《うわ》背《ぜい》のある美丈夫《びじょうふ》だ。軽く撫《な》でつけた髪に灰色がかった目。片眼鏡《モノクル》が印象的で、お堅そうな雰囲気を醸し出している。

「おはようございます。朝食はもうお済みですか」

「うん」

「では、マリー様にご挨拶をして出かける支度を」

「わかった」

あまり長々しゃべってもぼろが出るので、ルネは慎重だった。

ジルとのレッスンで想定された問答はこなせると自負していたし、相手の反応を見ながら軌道修正可能だ。要は、ばれなければいいだけの話だ。

そうでなくとも、ジルが接している外界の人間は極端に少ない。

ジルはまさに、籠《かご》の鳥だった。

十五歳にしてはひどく世間知らずで、なおかつ子供っぽかった。

唯一の肉親である祖母は支配的な性格らしく、ジルを世俗の垢《あか》にまみれさせたくはなかったようだ。

貴族の子弟が通うという学校への行き帰りは、ヴァレリー自らがついてくるほどの過保護ぶりだとか。当然外出する自由もなく、そのせいでジルはルネに会うのを渇望したのだった。

ともあれ、そんなジルの説明のおかげで、この家の見取り図と狭い人間関係は嫌というほどに頭に叩き込まれている。邸内でまごつけば必然的に偽物だとばれてしまうので、そればかりは間違えるわけにはいかなかった。

一階と二階は主人たちの家族のための空間。ジルの部屋は二階にあり、ベランダからは庭が見える。

地下は使用人のための住空間。ヴァレリーの部屋も地下にあるが、一番出入りしやすい場所に広々とした部屋を確保しているのだとか。

祖母の部屋は一番に教えられたものの、ヴァレリーの先導は有り難かった。

こうして見つめていると、ヴァレリーの背中は広く、歩幅は大きい。

大人の男の肉体なのだと、わけもなく意識してしまう。

祖母の部屋は、扉に宿《やど》り木《ぎ》の彫刻がされているのが目印だ。大がかりな装飾や芸術品は置いていないが、かといって飾り気がないというわけではなく、要所要所に美術品が飾られていた。

「おはようございます、おばあさま」

ドアを開けて中を覗き込むと、マリー・アルノーは長椅子に座り億劫《おっくう》そうに首を微《かす》かにねじ曲げた。

この家の女主人であり、ジルの両親が死んでも何とも思わなかったという冷血女——とはいうものの、ジルが言うほど悪い人には見えなかった。

だいたい、生きている家族がいるだけでルネには羨《うらや》ましかった。

マリーは口許《くちもと》がきりっと引き締まっていて、だいぶ意志が強そうに見える。

「おはよう、ジル」

「今日は天気がいいですね」

「そうねえ」

「新聞、何か事件はありましたか」

「何にも」

取りつく島のない、何とも言えない会話だった。

マリーの部屋は印象派の絵が飾ってあったので、最新の流行には興味があるらしい。だが、ジルがそういったことに興味があるかわからないと、ルネは指摘しなかった。

それでも引き寄せられるように絵の前に立つ。

油絵の具の匂いさえ残っていそうななまなましいタッチは本物の色香を備えており、ルネはうっとりと草原の光景を眺めた。

「そろそろ学校へ行くお時間です」

ヴァレリーに話しかけられて、ルネははっとする。

「おばあさま、それでは行ってまいります」

「気をつけて」

祖母の一言で、朝の挨拶は終わった。

もう少し家族らしい親しみの籠《こ》もった会話でもあるのかと思ったが、それは夢のまた夢だった。

要するに、ジルの生活は、ルネが思う以上に単調で味気ないものだったようだ。

道理でジルが、下町の暮らしなんぞに憧れるわけだ。

馬車の中で、ヴァレリーは何も言わなかった。

まるで機械仕掛けの人形みたいな男だ。

端整な面差《おもざ》しに素晴らしくいい声なのに、無表情で、何を考えているのかさっぱりとわからない。

だいたい、お屋敷を取り仕切る執事なんてものは、楽しい仕事なのだろうか。

ヴァレリーがやっと口を開いたのは、馬車が停まったときだった。

「それでは、授業が終わる頃にお迎えに上がります」

「うん、またね」

学校は広い敷地にあり、建物はひどく立派で圧倒された。

校門を潜《くぐ》って中へ入ると誰かに声をかけられるのではないかとひやひやしたが、それは杞《き》憂《ゆう》に終わった。

誰も、話しかけてこないのだ。

朝の通学時間帯なので、校舎に至る小径《こみち》にも屋内にも人は溢《あふ》れていた。だが、誰もがルネのことをまるで空気のように無視している。

もしかしたら、自分がジルの入れ替わりだとばれているのではないか。

でなければ、こんな風に扱われる理由がわからない。

「やあ、ジル。おはよう」

「おはよう」

申し訳程度に声をかけてきた級友に生返事をし、ルネは教わっていたとおりの自分の席に着く。そこで頬杖《ほおづえ》を突いて座ると、もう誰も声をかけてこなかった。

退屈すぎて、ルネは欠伸《あくび》を嚙《か》み殺した。

とはいえ、これがジルにとっては日常らしい。

ジルは孤独だったんだな、と実感する。

美味《おい》しい食事に、綺麗《きれい》な服。あたたかなベッド。夜露《よつゆ》を凌《しの》ぐ以上の素晴らしい邸宅。

何もかもが恵まれているのだろうが、同時に、何かが決定的に欠如している。

それはたぶん、周囲の人間というやつだ。

ダニエルはもちろん、ジルとルネが入れ替われば気づく。ジュスタンだってそうだし、ほかにもルネがルネでなくなったと察する者は大勢いるだろう。

なのに、ジルは違う。

一人の人間が消えても、似たような顔のルネがいれば彼の存在など代替されてしまう。

ジルが哀れだと、ルネは初めて思った。

けれども、それだけだ。

ならば、どうして何も努力しなかった？

周りに愛されなかったというのなら、ジルは愛される努力をしたのだろうか。

できる限りのことをすべてしてから、文句を言えばいい。

結局は与えられた環境に甘えてぬくぬく育っているようなやつには、ルネの気持ちなんて一生わからない。ルネのように要領のいいずるいやつに、してやられるのがおちだった。

けれども、今のところジルが失ったのは素晴らしく恵まれた環境くらいのものだ。

ジルは健康で、学もある。それでこの生き馬の目を抜くようなパリで生きていけるかどうかは、また別の話だったが。


「それでは、おやすみなさいませ」

まだ寝間着には着替えていなかったが、ジルの部屋にある書物を漁《あさ》っているうちにヴァレリーが唐突に顔を見せた。

ノックがなかったのが不満だったものの、執事ともなればそれくらいの権利はあるらしい。

「うん」

「何か用件はありませんか」

「用件？　どんな？」

冷たくて嫌なやつとさんざんジルに聞かされていたので、ヴァレリーの意外にも親切な申し出にルネは戸惑った。

書棚の前に立ったルネは、碧眼《へきがん》でヴァレリーを凝視する。

確か年齢は二十代後半だから、少なく見積もってもルネよりは十は年上だ。

「書斎にもたくさんの本がありますので、どのようなものがあるのかなど、そういう基本的なことですよ」

「は？」

見透かしたような問いにどきっとしたが、そんなはずがない。

今のところ、ヴァレリーに不審を抱《いだ》かせるような、そんな決定的な失態は見せていないはずだった。

「平気だよ。ありがとう」

「――ところで、伺いたかったのですが」

部屋に踏み込んできたヴァレリーはドアを閉め、突然そこで言葉を切った。

何か重大なことを言う予兆のように思えて、ルネは顔を上げる。

「なあに？」

ジルのように甘ったるい発音で聞いてやると、彼は不意に鼻白《はなじろ》んだような表情になった。

けれども、すぐにそれは消え失《う》せて、普段の彼の顔つきになった。

「学校では上手《うま》くやれましたか」

「え？」

「ぼろが出なかったかと聞いているのです」

それを理解するまでに、一秒ほどを要した。

理解してから——心臓が、止まるかと思った。

「な、何を言ってるのかわからないな」

言葉に詰まりつつも問い返すと、ヴァレリーは極めて無感動な顔つきで口を開いた。

「わかるように言って差し上げるのは難しくありません」

「つまり？」

年上の男の昏《くら》い双眸《そうぼう》は、光すら宿していないようで、怖い。

怖い？

ルネとあろうものが、真っ当な職の優男を恐れるなんて馬鹿げている。

「警察を呼んでほしいのかということです」

「警察？　どういう意味だ？」

だめだ。心臓が激しく震えている。

耳鳴りがしてきた。

何だろう。まさか、もうばれてしまったのか。

「これ以上の説明がいるのなら、ずいぶん頭の血の巡りが悪い」

——そういえば。

この男、今までに一度もルネのことを『ジル様』と呼んでいないのだ。

不意にそのことに気づき、ルネは慄然《りつぜん》とした。

ばれていた。気づかれていたのだ。

ルネはゆっくりと視線を上げて、その双眸でヴァレリーの灰色の目を捕らえる。

怯《ひる》んではいけない。弱いところを見せたら、そこで負けだ。

ルネはくっと胸を張って、ヴァレリーの端整な顔を見つめた。

「なに、あんた。もしかして脅してんの？」

ルネが蓮《はす》っ葉《ぱ》な口調になると、ヴァレリーは「いいえ」と首を横に振った。

「あなたが上手くジル様としてやっていけるのなら、問題はありません」

「問題はないって……おおありだろ！」

声を荒らげてしまったのは、男の発言が論外なものだったからだ。

馬鹿にしている。それではジルはどうなってしまうのかと、人ごとながらむっとした。

「どのあたりが問題なのです？」

詰問されると、ぐうの音《ね》も出ない。

でも、これは明らかにまずい状況だ。ヴァレリーに気づかれているということは、計画は破綻《はたん》したも同然ではないか。

何とかしなくては。

必死で考えるルネとは裏腹にヴァレリーは表情一つ変えずに、わずかに瞬《まばた》きをすることで話を打ち切った。

「では、失礼いたします。――おやすみなさいませ」

怖くてヴァレリーの名前を呼べずに、呆然《ぼうぜん》と見送ってしまう。

……しっかりしろ。

どうにか形勢を逆転――は無理でも、五分五分くらいに持っていかなくてはだめだ。

今は先手を打たれてしまったが、こうしてはいられない。

ルネは慌てて立ち上がると室内履きを突っかけ、ヴァレリーの後を追った。

邸内は広く、しんと静まり返っている。

この時間では起きている使用人はいないだろう。

ヴァレリーは早足で歩き、地下一階にある自身の部屋へ向かう。後を追われていることに気づいているのか、それとも、どうでもいいと思っているのか。

ヴァレリーの余裕が、ルネには憎たらしかった。

いずれにしたって、このままじゃだめだ。

地下に降りた頃にはヴァレリーを見失っていたものの、だいたい部屋の見当はつく。

ルネがドアをノックすると、すぐに内側から「どうぞ」という声が聞こえてきた。

「――ヴァレリー」

そこそこに広いが、ルネが陣取っているジルの居室と比べればずいぶん簡素な部屋だった。

居心地は悪くなさそうで、執務用のデスクと椅子。それからティーテーブルが見える。

それから、大人の部屋には不似合いと思えるドールハウス。

「あなたでしたか。いったい何の用です？」

「わかってるんじゃないわけ？」

ルネの言葉を聞いて、ヴァレリーは顔をしかめた。

「その口調は、よくありませんね。ジル様の真似をするなら、もっと徹底していただかなくては」

「どういうつもりなんだよ！」

いけない、またしても冷静さを失いかけている。

ヴァレリーの一つ一つの言動が、ルネを逆撫《さかな》でするのだ。

「そういう慇懃《いんぎん》な態度、おれに取ってどういうつもり？」

「今や、あなたがこの家の主《あるじ》なのでしょう？　そのように扱うまでです」

からかうような、それでいて冷めているような——どちらでもいいと言いたげな、声。

「警察に突き出すんなら、どういう罪状だ？」

「詐欺罪《さぎざい》はどうでしょうか」

どうでしょうか、という質問に呆《あき》れ返りそうになり、そしてまた怒りが募った。

馬鹿にされているのは、明白だ。

「おれはジルに頼まれてここにいるだけだ。当のジルが見つからなけりゃ、罪にならないと思うけどね」

「なるほど」

ヴァレリーは無感動に頷《うなず》いた。

この会話などどうでもいいと心底言いたげな様子に、ルネはかっと腹の底が熱くなるのを感じた。

「では、それでいいでしょう」

「よくないだろ！」

「よくよく激昂《げっこう》なさる人だ。では、あなたはどうしたいんですか？」

「おれはここにいたい」

ルネの言葉を聞いて、ヴァレリーは目を細めた。

「つまり？」

「あんたも頭の血の巡りが悪いんじゃないの？　おれはジルとこのまま入れ替わるつもりだ。ジルが泣いて喚《わめ》こうが、もとに戻る気はないぜ。もとはと言えば、あいつが入れ替わりたいって持ちかけたんだからな」

「それは困りましたね。あなたでは、この家の御曹司など到底演じきれないと思いますが」

言葉と裏腹に、ちっとも困っていないようなのが腹立たしい。

「できる！」

またもかっとなったルネは声を荒らげ、ヴァレリーを真っ向から睨《にら》んだ。

どうしてこう、ヴァレリーはすぐに人の心を逆撫でできるのだろう。

この男は天才ではないのか？

「あなたの味方は、見たところ、非力なサビーヌ一人だ。あんな風に簡単に裏切りそうな女一人を味方につけて、何ができるんです？」

そして、それすらも気づかれているとは。

「おれにはしなくちゃいけないことがあるんだ。執事でいたいなら、あんたは黙って見てな」

ルネは言い切り、傲然とヴァレリーを見据えた。

「残念ですが、それは容認しかねますね。黙っていては、この家がめちゃくちゃになってしまう」

だとしたら、ルネに取れる手は一つだ。

決断は早くするに限る。でなければ、潮目が変わってしまうからだ。

「わかった。なら、おれはあんたと手を組みたい」

「…………」

微かに目を眇《すが》めたヴァレリーは、ルネをじっと凝視している。

まるで値踏みをするような視線は、ルネの深部までを丸裸にしてしまいそうだ。

「私の仕事はアルノー家を存続させること。主が誰であろうと、大した問題ではありません」

ジルが聞けば顎《あご》が外れそうなことを、大胆にもヴァレリーは言ってのけた。

彼の表情は常と変わらず、冗談を言っている様子はない。つまり、本気でそう思っているらしい。

「あなたはその役柄を演じ通せますか？」

「当たり前だ。その覚悟で来たんだ」

「では、暫《しばら》く猶予《ゆうよ》を差し上げましょう。目を瞑《つぶ》っていてあげますから、存分に演じるといい」

「は？　そんなの、信用できるかよ」

ルネはヴァレリーに一歩詰め寄ると、彼の襟首《えりくび》を摑《つか》んだ。

ヴァレリーが眉を顰《ひそ》め、その美しい顔に嫌悪の感情を滲《にじ》ませた。

「暴力は無意味ですよ。そんなに華奢《きゃしゃ》な躰では、私でもすぐに押さえ込めてしまう」

「おれはあんたと違って子供だからな」

「おわかりなら、それでいい」

「でも、非力な子供でもできることがあるんだよ」

ルネは一旦ヴァレリーの襟首から手を離すと、今度はその肩を両手で摑んだ。ぐいと力を込めて、ヴァレリーを勢いよく寝台へ押し倒した。

「つまり？」

寝台で背中を打ったヴァレリーがわずかに顔をしかめたので、その程度なのかとがっかりする。

けれども、攻勢をかけたままやめる気はない。

「口止めだ」

ぺろりと舌先で唇を舐《な》めて、男を挑発する。

暫《しば》しヴァレリーは不審げな顔でルネを見つめていたが、やがてふっと息を吐いた。

「要するに、あなたの肉体は口止めに値するほどのものだと？」

真面目《まじめ》一辺倒の堅物と思いきや、案外、察しがいい。

「試してみろよ」

「試すに当たって、一つ問題があります」

「男同士ってこと？　主人が入れ替わっても黙認できるような人でなしに、倫理を説かれるのは御免だぜ」

ルネにとって、男や女という概念は大した問題ではなかった。

倫理を守って死ぬよりは、倫理を破って生き延びるほうがいい。

そして、ヴァレリーもまた世の常識から簡単に逸脱できる人間かもしれない。それを確かめる価値はあった。

「それに、今はおれがあんたのご主人様だ。あんたがおれに手を出したように見せかけるのは、そう難しくない」

「あなたの主張は理解しました。……では、まずは何から？」

「まあ、見てろよ」

あまり好きではなかったが、ルネは口淫《こういん》でヴァレリーの度肝《どぎも》を抜いてやろうと思っていた。

躰を売ったことはないが、必要に迫られて男と寝たことは何度もある。

その過程で、ルネは様々な技術を覚えた。

今時、商売女だってしない技巧で、ルネも嫌々ながら学んだものだ。

服を脱げば男であることを意識してヴァレリーが萎《な》えると思ったので、ルネはそのままヴァレリーの足許《あしもと》に蹲《うずくま》り、彼の衣服を緩めた。

「何をする気ですか」

「見てろって言ったろ？　動揺してるわけ？」

黙らせるためにからかうように言ってやると、案の定、ヴァレリーが静かになった。

ルネは器用にも男の性器を露出させる。

ヴァレリーのそれは怯むほどに立派だったがどうしようもなく、それにくちづける。

「ん」

ぴくりとヴァレリーの手に力が籠もり、彼が上体を起こすのがわかった。

「…嘆かわしいですね。アルノー家の子息は、そのような真似をしませんが」

「するようになったんだよ。あんたの教育の成果だ」

揶揄《やゆ》してやると、灰色の目が自分を射貫《いぬ》くように見つめている。

いい目だ。

取り澄ました紳士のものにしては、鋭すぎるそのまなざし。

「いいでしょう、してごらんなさい」

改めてベッドの端に腰を下ろしたヴァレリーの前に跪《ひざまず》き、ルネは「言われなくとも」と応じて男のものに再度キスをする。

「ふ……音を上げるなよ……？」

「こちらの台詞です」

無論、やわらかな接吻《せっぷん》だけでは大きな刺激になり得ないとわかっている。ひとしきり前哨《ぜんしょう》戦《せん》を終えたあとは、ルネは舌全体を使ってねっとりと男の性器を舐めた。

「く」

ヴァレリーが小さく喉奥《のどおく》で呻《うめ》くのがわかった。

「出せよ、堅物の執事さん」

さすがの堅物も、こうして急所を攻められてはひとたまりもないだろう。

ルネはふくろのあたりから尖端《せんたん》にかけてをじっくりと何度も舐め、唾液をぬらぬらと塗りつけた。

そのあいだに、右手の指を使って自分の尻を解《ほぐ》す。

さすがに濡《ぬ》れていないので痛かったが、ヴァレリーにはここまでしないと対抗し得ない気がした。

「ん、ク……」

口に含んだヴァレリーのそれが次第に大きくなり、ルネは眉根を寄せる。

まずい。

想像以上に、ヴァレリーのものは逞《たくま》しかった。

ひどく苦しかったが、ここで主導権を握らなくては。

「ふ……っ」

早く出しちまえ、と心の中で念じる。

そうでなくては、ルネは警察に突き出されてしまう。計略が破綻《はたん》するのは目に見えていた。

「んく、ん、ん……んむ…ぅ…」

「顔を離しなさい」

「やだ……だせ……」

上目遣いでヴァレリーの顔を見たルネが不明瞭な発音で言ってのけると、相手は小さく息を吐き出した。

「知りませんよ」

頬に赤みが差し、ヴァレリーは数度腰を揺すってルネの口腔に精を放つ。

——やった。

勝利を予期したルネはそれを飲み干し、にやりと笑って口許を手の甲で拭《ぬぐ》った。

「……なるほど」

息を整えたヴァレリーは、小さく頷いた。

「確かに、子供だからこそあなたの技巧は大胆だ」

「悪かったな」

「そして、肉体を介して私との関係で優位になりたいのですね？　あなたの思惑はよくわかりました」

得心が行ったとでも言いたげな表情に、呼吸を整えていたルネはむっとする。

「知ったようなこと、言ってくれるじゃないか」

「娼婦でさえもしないような技巧をお持ちだとわかりました。もう、これで……」

「終わりのわけないだろ」

ルネは乱暴に相手の言葉を遮り、自分の衣服を緩め、改めてズボンと下着を脱いだ。シャツだけになり、やっと動きやすくなる。

これでは何のために、痛い思いをして尻を解したのかわからなかった。

「ここはまだ入り口だ。あんたがどんな人間か、たっぷり教えてもらうぜ」

ルネはそう言って、ヴァレリーの腿《もも》に跨《また》がった。

「どうしたいんです?」

主に乗られているというのに、ヴァレリーは余裕を崩さなかった。

「あんたは寝転がってろよ。おれが、愉《たの》しませてやるからさ」

「——仕方のない人ですね」

「おれの口に出したやつに、言われたくない」

「では、お好きにどうぞ」

呆れた口調で言ってのけたヴァレリーの上に腰を落とし、ルネは息を吐いた。

「ふ……ぅう…ッ…」

入ってくる。

硬い切《き》っ先《さき》を窄《すぼ》みに感じ、ルネは息を吐いた。

「……あんた、おっきいな……」

もともと、性交はそんなに好きではない。

病気になりたくないし、誰彼構わず躰を明け渡すなんて、食い詰めた愚者のやることだ。

「そうですか?　人と比べたことはありませんが、苦しいようでしたら申し訳ありません」

慇懃に謝罪したヴァレリーは無表情にルネを見つめ、値踏みしている。

この取り澄ました顔に、欲望の影を見つけたい。

「ほら、入ってくの……わかるだろ」

ルネはそう言い、ヴァレリーの手を摑んで接合した部分に触れさせる。まだ男の尖端を咥《くわ》えた程度で、先は長い。

「よくできたものですね」

「そう思うだろ？」

くっと笑ったルネは微妙な力加減で腰を動かしながら、じっとりとヴァレリーを食《は》んでいった。

「ふ、う……あ、く…ッ…」

苦しいけれど、こうするしかない。

「ほら、入った……」

最後までヴァレリーを収めて、ルネは「動くぜ？」と問う。

「どうぞ、ご自由に」

「溜《た》め込んでいたの、出しちまいな」

「先ほどあなたの口に出しましたが？」

「減らず口、叩けないよ、に…してやるよ」

もっと溺《おぼ》れさせてやりたい。

そう思ってルネは彼の上で腰を振り、その精を搾《しぼ》ろうと試みた。

「…く、ふ……」

男の肉体の生理がある以上、快楽を拒めるわけがない。実際、ヴァレリーも昂奮《こうふん》している
ようで、その額《ひたい》には汗が滲んでいた。

もっとだ。

もっと、掻《か》き乱してやりたい。

ルネのこの肉体で。

「ん、ふ……ん、ん……」

硬い。

硬くて大きいのが、襞《ひだ》をずくずくと擦《こす》っていって……。

ルネを感じさせるほどではないが、悪くはなかった。

「今ひとつ、面白くありませんね」

「は……?」

前髪を微かに乱した程度で、ヴァレリーはつまらなそうに告げた。

「出してはあげますが」

「なに、言って…」

「とりあえず、一度搾りなさい」

こんな体勢で、いったいどういう言いぐさだ。

ルネは怒りに頬を赤らめたものの、繋《つな》がれたままでは分が悪い。

「ふ、なら、出せ…だせって……」

もう終わりにしてやろうと、とにかくめちゃくちゃに腰を振った。

「は……あ……」

不意にヴァレリーが身動《みじろ》ぎし、ルネを押しのけた。白いものが飛び散り、ルネは安堵《あんど》した。

眉根を寄せるヴァレリーは、どこか禁欲的な色香が仄見《ほのみ》えた。

これでいい。

いくら口で偉そうなことを言ったとしても、感じていなければ射精なんてするものか。

「――どうだった？」

ルネの問いに、ヴァレリーは微かに視線を上げた。

「お上手《じょうず》ですね」

「なんだよ、それだけか？」

愉しませてやったつもりだが、ヴァレリーは不服だろうか。

「今夜のところは」

淡々と答えるヴァレリーは、さほど感動を覚えていない様子でもあった。

「強がるんだな」

立ち上がると無茶をした痛みから足がふらついたが、それを気取《けど》られるのは嫌で、ルネはそのままズボンを穿《は》いた。

「これであんたとおれは共犯だ。いいな？」

身を起こしたヴァレリーにぐっと顔を近づけて言ってのけると、彼は一瞬、沈黙した。

「どうなんだ？」

「……いいでしょう」

どういうつもりなのか、ヴァレリーが頷いた。

「よし」

やっと満足して立ち去ろうとするルネに、ヴァレリーが声をかけた。

「あなたの、名前は？」

「え？」

「本当の名前を聞いてませんので」

「……ルネだ」

ルネは短く答え、ヴァレリーの部屋のドアに手をかけた。


翌日の予定を確かめたヴァレリー・ベルニエは、今日の予想外の一件を日記にしたためるかを暫し迷った。

本日一番の目玉というべき出来事は、自分の年若い主人であるジル・アルノーがいつの間にか――否《いな》、昨晩から別人にすり替わっていたことだろう。

単調なこの家での生活においては、それなりに大事件だった。

考えに耽《ふけ》るヴァレリーの視線は、余暇で制作を続けているアルノー家の邸宅の模型に注がれていた。細部にまでこだわっているので、数年がかりなのにまだ完成はしていない。

自らが作成する精緻《せいち》なドールハウスのように平和なこの家で、ヴァレリーのあずかり知らぬところで意外な事件が進行していた。

――夜の挨拶に参りました。何か変わったことは？

昨晩そう聞いたとき、彼はふっと自分に目を向けた。

あの瞬間、息が止まるかと思ったのだ。

違う。

ヴァレリーはそう直感した。

これは自分の知る、ジル・アルノーではない。まったく別の何者かであると。

だが、相手はジルとして振る舞ったので、ヴァレリーは追及せずにその場を収めたのだ。

それだけ自分自身の動揺が大きかったせいでもある。

いつもはおとなしいジルにしては、ずいぶん、手が込んだ悪戯《いたずら》だ。

おそらく、手引きできるのは小間使いのサビーヌくらいのものだし、彼女を追及すれば呆《あっ》気《け》なく白状するだろう。そのくらいのことだと、高を括《くく》っていた。

けれども、あのルネという小ずるそうな少年によると、ジルと入れ替わったまま元に戻るつもりはないらしい。入れ替わりそのものをジルが考えたのか、ルネが唆《そそのか》したのか、いずれにしてもジルは消え失せてしまった。

ジルがそう望んでこの座を明け渡したのならば構わないが、ルネの口ぶりではそうではなさそうだった。

ヴァレリーとてジルがこの家での閉ざされた暮らしに辟易《へきえき》としていたのは気づいていたものの、それはブルジョワジーに生まれたのだから諦《あきら》めるべきだと突き放していた。

正直に言えば、ジルのことなどどうでもよかったのだ。

ヴァレリーにとって大事なのは、このアルノー家という作品だ。

いわば、自分がこうして作成している人形の家のようなもの。

己がそう思い至るようになったのは、幼時の体験が大きい。

ヴァレリーの家系は三代続けてアルノー家に仕え、執事としてこの家のために尽くしていた。父は週の内に何日かは家に帰ることを許され、家族との時間を過ごしたが、彼が何よりも重んじているのは職務だった。

どう取り繕っても、無駄だ。父は家族よりもアルノー家を大事にしていた。

それは、ヴァレリーが幼くして母と死に別れたときに顕著に表れていた。

アルノー家で働く父のところへ駆け込み、幼いヴァレリーは必死で願った。

——母さんが大変なんだ。父さん、お願い。一緒に来て！

——だめだ。明日は大事な舞踏会がある。奥様が外出を許してくれない。

——でも！

——泣くな、ヴァレリー。おばあさんのときもそうだった。執事とはそういうものだ。

父は休みなく執事として働き続け、己の職務に誇りを持っていた。

一にも二にもアルノー家、自分自身のことも家族にも関心がない。

母は淋しそうに「父さんは来てくれないのね」と笑って死んだ。死にゆくものにそんな顔をさせたくなかったのに、悲しみだけを与えて死なせてしまったことは、ヴァレリーの心を苛《さいな》んだ。

——ヴァレリー、いいこと？　父様のように執事になるなら、心を持ってはだめ。人に仕えるのではなく、家に仕えなさい。そうでなくては理不尽な要求に挫《くじ》けてしまう。家はただそこにあるだけで、あなたに何も命じないのだから。家ならば憎まなくていいでしょう？

枯れ枝のようになって死んだ母の今際《いまわ》の際《きわ》の言葉を、ヴァレリーは胸に深く刻んだ。

ヴァレリーから母と父を奪ったアルノー家を、何があっても滅ぼすわけにはいかない。

それでは彼らが何のために自分を犠牲にしてまで主に仕えたのか、わからなくなってしまうからだ。

母が重病になったときもマリーは見舞金を出してくれたし、ヴァレリーは先代——つまりマリーの夫君――に可愛がられ、執事でなく法律を学んではどうかと学資まで援助された。

しかし、五年前に父が急逝し、ヴァレリーはマリーのたっての願いで執事としてこの家に仕えることになった。まったく畑違いの仕事は大変だったが、父のやり方を聞いていたので、ヴァレリーはすぐに執事としての才能を発揮した。

そのときに、心に決めたのだ。

この家は私の作る芸術品にしよう、と。

自分の仕事はこのアルノー家を維持し、円滑に運営し、そして次代に繋げることだと決意した。

ゆえにヴァレリーに興味があるのはこの家そのものの経営で、血筋や血統といったものは些細な点にすぎない。

誰にも口にしたことはなかったものの、住人の意思に無関係にアルノー家を存続させることは、ヴァレリーなりの復讐《ふくしゅう》になるのかもしれない。

そういう意味では、長年仕えている相手に思い入れを持てないヴァレリーの人格には、重大な欠陥があるのだろう。

マリーは勿論、ヴァレリーはジルに対して必要以上の愛着は抱けなかったからだ。

ルネの出現にもさほど動じていないのが、ヴァレリーという男なのだ。

――ルネ、か。

ヴァレリーの口許に、知らず、笑みが浮かぶ。

古代ならともかくこの文明社会において、他人に成り代わることなど、できるわけがない。

なのに、あのルネという少年は孤軍奮闘でそれをやってのけようとしている。

ルネとジルは、おそらく気質もやり方も正反対だ。

喩えていうならジルは清楚《せいそ》な百合《ゆり》で、ルネはまだ咲き綻ぶ前の薔薇《ばら》というところだ。

館の模型をじっと見つめ、ヴァレリーはその庭を彩る花は何がいいかを考える。

この家に似合うのは百合しかないと思っていたが、存外、薔薇でもいいのだろうか。

いずれにしても、ルネに気づかれぬようにジルの行方を摑《つか》まなければならない。ルネがそれを知れば、何をするかわかったものではないからだ。しかし、一方ではルネがこの家を狙った本当の理由が気になるのも事実だ。

ヴァレリーのことをも騙し抜くつもりだったルネがどんな当主になるのかを、見てみたい気がした。

それは、普段のヴァレリーならば絶対に抱かぬ種類の好奇心だった。

4

早朝、ルネは食堂でヴァレリーと対峙《たいじ》していた。

かねてよりジルは部屋で朝食を摂っていたが、ヴァレリーはそれをだらしないと思っていたらしい。

相手がルネとわかったからこそ、方針を変更したようだ。

サビーヌに普段より早い時間に起こされたと思ったら、着替えて朝食に来いと言われたので、不審に思いつつやって来たのだった。

「生憎《あいにく》、昨晩はあなたのテーブルマナーを拝見しませんでした。見せていただけますか」

「そういやそうだったな」

もとより、執事と主人たちは一緒に食事を摂るようなものではない。執事は給仕のためにいるので、ヴァレリーは今日は白手袋をしてルネのために食事を用意していた。銀器やグラスが汚れないように給仕の際に白手袋をするのは、執事としてのルールなのだという。

頷《うなず》いたルネはまずはスープを飲み、それから肉とパンのシンプルな食事のためにカトラリーを操った。

銀器はずしりと重く、それが上等な品物であるのを裏づけている。

こんなものを盗むよりは、この家そのものを盗むほうがよほど楽しい。けちな泥棒なんてするほうが愚かだった。

ジルはきっと今頃、ダニエルのところにいるだろう。

ダニエルは貧しくはあったが親切な男で、きっとジルを放ってはおけない。干涸《ひか》らびたパンでも与えて、質素な朝食を済ませているに違いない。

そういう意味では、ルネはジルのことをまったく心配していなかった。

食事は無事に終わり、最後にお茶になった。

「テーブルマナーは上出来ですね」

「あいつが教えてくれたからな。それに、おれにも……」

そこで言葉を切る。

「教えてくれるやつがいたんだ」

「なるほど」

ヴァレリーは頷いた。

「では、まずあなたの目的を伺いましょう」

「目的？」

茶を飲んでいたルネは、不審げな顔でヴァレリーの顔を見据える。

「ただ金持ちになりたいだけですか？　それなら、適当に金を差し上げますから、ジル様を連れ戻してください」

ヴァレリーの口調は容赦ない。

「昨日の話じゃ、おれを容認するってことだったけど、怖《お》じ気《け》づいたわけ？」

いったいどうしてヴァレリーが心変わりしたのか、ルネには読めなかった。

「それはすべて、あなたが上手《うま》く振る舞えればの話です。今のところ、ジル様のほうが圧倒的にアルノー家の主には相応《ふさわ》しい」

「一日、二日で決めつけるなよ」

心変わりではないのはわかったが、ルネはむっとして、ヴァレリーのやけに整った面差《おもざ》しを見つめた。

ヴァレリーはチュイルリー公園あたりを散歩させれば、いやというほど大勢の上流階級のご婦人や令嬢を引っかけることができるだろう。

それくらいにヴァレリーの容姿は完璧だった。

「では、あなたはジル様と何日入れ替わることにしたんです？　最初から無期限では、あの方が納得するわけがない」

「……最大で、六日」

「でしたら、六日以内にやり遂げなくてはなりません。そこで判断しましょう」

ふて腐れた顔つきで、ルネはヴァレリーを睨《にら》んだ。

だいたいこの男は、ルネを置いておきたいのか、それとも追い出したいのか。

それすらも区別がつかなかった。

「まずは、言葉遣いがいけませんね。良家の子息には似つかわしくない」

すうっと息を吸い込み、一旦、吐き出す。

それからルネは伏せていた目を開け、真っ向からヴァレリーを睨んだ。

「——わかりました。お言葉に従います」

「それでは従者のようですが、まあ、乱暴なよりは遥《はる》かにいいでしょう」

言い直したルネの言葉を聞き、付け焼き刃の言葉遣いに言いたいことがあるようだったが、
ヴァレリーは難しい顔で頷いた。

「発音は悪くはない。文法も正しいですね、今のところは」

「やればできるってことさ」

「すぐに気を抜くところがいけません。どんなときも油断なさらずに」

ぴしゃりと注意されて、ルネは小さく舌を出した。

「それもだめです。人の品位は表情に出るものです」

「……ごめんなさい」

「結構。――そもそも金持ちの会話というのは、エスプリが利いてなくてはいけません」

言葉遣いがそれなりにまともなのは、ジュスタンの一座にいたおかげだ。舞台俳優たちの台詞《せりふ》回しを聞いていれば、気の利いた物言いや立ち居振る舞いくらいは何となくわかってくる。

「練習する。それよりも、時間じゃないの？」

「時間？」

「婆《ばあ》さんに…じゃねえや、おばあさまに挨拶してから学校へ行きます」

「いえ、学校は休みなさい」

ヴァレリーは短く宣告した。

「え？」

意外な発言に、ルネは目を丸くする。

「その状態で通学すれば怪しまれます。昨日は様子見で許しましたが、さすがに毎日通ってはぼろが出ます。あなたが別人だと、露見してからでは遅い」

「…………」

ルネは目を瞠《みは》った。

「もしかして、家で自習しろって？　そっちのほうが効率が悪い。一人にされても、おれは勉強の仕方すらわからないんだけど」

　吐き捨てるようにルネは言うと、すっかり冷めてしまった紅茶を一口飲んだ。

「私が教えます」

「じゃあ、なに？　あんたが手ずから、おれがジルになりきれるように指導してくれるってこと？」

「ええ、まことに不本意ながら」

　言い放ったヴァレリーの表情は常と変わらず、その真意はわからない。

「へえ！　なら、おれが躰《からだ》を提供したのは効果的だったたってわけか」

「私がそんなもののせいで動くわけがないでしょう」

　ヴァレリーがため息をついたおかげで、彼の気持ちの動きが少しはわかった気がした。

　とにかく、ヴァレリーはルネに多少ならばつき合うつもりになったようだ。

　昨日ははっきり決めていなかったが、チャンスをくれる気持ちが固まったということか。

「あんたにも打算があるってこと？」

　その点には答えずに、ヴァレリーはティーカップをソーサーの上に戻した。

「食事を終えたら勉強をしますよ。さあ、早くお茶を飲んでしまいなさい」

「はーい」

　ルネはそう言うと、食事を終えて立ち上がる。

いつもだったら朝食を食べてから劇場に急ぐのだが、もうその必要はない。ジュスタンには暫《しばら》く休むと言って許可をもらっていたので、彼はとても残念がっていた。また働きたくなったらいつでも言ってくれと手を握ってくれたので、ジュスタンはルネがもう小道具係には戻らないという決意に勘づいていたのかもしれない。

自室は明るい光に満ちている。

ルネが教科書を整理していると、ややあってヴァレリーが現れた。

「さて、それでは数学から始めましょう」

「何で数学なわけ？」

不満げに問うルネに、ヴァレリーが冷ややかな目線を向ける。

「付け焼き刃ではどうにもならないものだからこそ、特にじっくり学ばねばなりません」

ジル——否、ルネの部屋には光が満ち、もう陽《ひ》は高い。

本来ならば、学校に行って授業を受けているはずの時間だった。

「ジル・アルノーとして振る舞いたいのなら、最低限の教養は必要です」

机に向かったルネの傍らに立ち、ヴァレリーは冷ややかに宣告する。

つまり、ルネには最低限の教養すらないわけか。

「ご苦労なこったな」

「私はこの家の執事ですよ？　わざわざ時間を割いているのですから、有り難いと思ってほしいですね」

執事ほど忙しいものはないと暗に匂わされ、ルネは思わず相手を睨んだ。

だが、どんなに鋭い視線でさえも、ヴァレリーには柳に風で受け流されてしまう。

「ああ、ありがとう。あんたの中には昔の時代の実直に仕える人の姿がよく現れてるよ」

「あなたの首切り役人にはなりたくないですからね」

シェイクスピアの『お気に召すまま』の台詞を引用したところ、ヴァレリーはあっさりとそれを逆手に取った返しをした。

ただの面白みのない男だと思ったけれど、この男も相当できる。

しかも、ルネが台詞の引用をしたのに気づいていたくせに、感心すらしてくれなかった。

こういうのがエスプリの利いた会話というやつではないのだろうか？

「それから、あの程度の技巧で私の弱みを握ったと思わないでほしいですね」

「へえ、どういうこと？」

「知りたいですか？」

「知りたいね」

「――仕方がありません」

呟《つぶや》いたヴァレリーはルネに「そこに立って、両手を突いてください」と言った。椅子《いす》を引いたルネが従うと、ヴァレリーが背後に立つ。

「よろしいですね？」

「え？」

彼は手にした鞭《むち》で、服の上からルネの尻をぴしゃっと打ち据えた。

「ッ」

「姿勢を正して」

「何しやがる！」

痛みよりも怒りのほうが大きく、ルネは首を捻ってヴァレリーに食ってかかった。

「何をするのですか、でしょう。咄嗟《とっさ》の言葉遣いがなっていませんね。姿勢を崩してはなりません」

自分の乱暴な行為を棚に上げ、ヴァレリーが叱《しか》り飛ばした。

どういうことだ、これは。

「そのままでいなさい」

「！」

ひゅんと鞭が唸《うな》る。

逃げようと思ったが、ヴァレリーはルネの秘密を知っている。その単純だが大いなる事実が、ルネを凍りつかせた。

そうである以上は、彼の機嫌を損ねるのは得策ではなかった。

二度、三度と尻を打たれて、ルネは苦痛に身を震わせるほかない。

先ほどから募っていく痛みよりも大きなものは、ヴァレリーに対する激しい怒りだ。

怒りゆえにルネは苦痛に耐《た》え、文句一つ言わずに立っていた。

「忍耐力はあるようだ」

「合格だろ？」

吐き捨てるようにルネは聞いた。

「まだです。下だけでいい。服を緩めなさい」

「は？　あんた、何、言って……」

「また打たれたいのですか？　服の上から打ったのは、一応怪我《けが》をさせぬよう気を遣った結果なのですが」

いくら何でも座れなくなるほど打たれるのは御免だったので、ルネは渋々それに従った。

「少し赤くなっていますね」

「あれだけ打たれれば当然だ…と思いますが」

当然だろと言い切るのではなく、一応、多少は丁寧な言葉遣いに切り替える。

「昂奮《こうふん》していたんですか」

「え」

何を言っているんだと思ったルネは、自分の下腹部に目をやって困惑に頬《ほお》を染めた。

あからさまにそこは熱くなり、昂《たかぶ》りかけている。

まさか、ぶたれたせいで反応しているのか……？

自分はそういう被虐的な趣味があるわけではない。

ならば、なぜ……？

「子供のくせに、意外とはしたない嗜好をお持ちのようだ」

蔑《さげす》んだような口調にむっとし、ルネは相手を睨みつけた。

「あんたがぶったからだ！」

「打たれたくらいで普通は反応しませんよ。その証拠にジル様はいつも泣いておられました——確かめましょうか？」

ヴァレリーが控えめな笑みを浮かべ、振り返ろうとしたルネの躰をそのまま机に押しつけた。

「ヴァレリー……！」

ぐちゅっと音を立てて、男の細く長い指が入り込んできた。

「物欲しげにひくついて、悪い肉体だ」

「な」

そのまま指を忍び込まされて、ルネは息を吐き出す。

苦しいけれど、受け容れるほかない。

「すぐに緩んだ——受け容れているのですか。浅ましいことだ」

「ちが、う……」

「違いませんよ」

ただ、拒んで力を入れたところで、何の意味もないとわかっているせいだ。怪我をしたくないだけであって、この状況に悦《よろこ》んでいるわけではない。

「く…っ…」

「ほら、まだ入るようだ。勉学は苦手なようですが、こちらは応用力があるようだ」

冷酷に告げるヴァレリーの細く長い指が、今、ルネの体内に埋め込まれている。

労働を知らぬ、彫刻のように美しい指だった。

この男は、ルネの何を暴こうというのだろう。

わからないけれど、熱い。

抉《えぐ》られたところから、痺《しび》れていく。

「…あ、ふ…ッ…」

無造作に動く指の軌跡を脳裏で追いかけ、ルネはあえなく喘《あえ》ぐことしかできない。

「襞《ひだ》が指に引っかかる。あなたの躰の中は、こうなっていたのですか」

淡々とした物言いだった。

昨日、ルネが味わった男とは何かが違っている。

そんな気がして、ルネは躰を震わせた。

昨晩は達《い》けなかったので、部屋で一人で自慰をしたのに、今は……。

「く、ふ……ぅう……」

はじめはどんな規範でその指が動いているのかわからなかったが、次第にルネはヴァレリーの意図に勘づきかけていた。

ルネの快感を、ヴァレリーは支配しようとしているのだ。

嫌だ。自分の躰は自分のもので、感覚も何もかも他者任せにはしない。

そのつもりだったのに――どうしようもなく、感じている。

うずうずと腰が揺らめきそうになり、ルネは狼狽《ろうばい》した。下腹部から滾々《こんこん》と涌《わ》き上がる妙な感覚を誤魔化《ごまか》すためでなく、自分は、ヴァレリーを誘導しているのだろうか。

より、感じるほうへと。

……わからない。

「は、あ、あ、ッ」

「欲しそうに蕩《とろ》けてきましたね。ここは男を迎え入れる器官ではないのですが、それなりに順応性はあるらしい」

むずがゆく、もどかしい感覚に震えたルネは、「すればいいだろ」と吐き捨てた。

「何ですか？」

ぬるんと指を引き抜き、ヴァレリーが問う。

「こんな面倒なことするくらいなら、ひと思いにやればいい」

「そうはいきません」

ヴァレリーは澄まし顔で答え、汗に湿りかけたルネの髪を空いた手で摑《つか》んで持ち上げる。

「クッ」

乱暴な仕種《しぐさ》に、痛みから声が出てしまう。強引に反らされた顎《あご》が痛くて、目を見開くほかなかった。

「あなたは私の主《あるじ》ですよ。これ以上は、許しを得なければとても」

頭上から降ってくる声は、相変わらず冷徹だった。

「おれを立てたり、貶《おとし》めたり、何がおまえの目的なんだ？」

「べつに、目的など何も。ただ、この家に相応しい主人が欲しいだけです。そして私は、相応しくない男に抑え込まれる理由もない」

淡々とした返答に、ルネは眉を顰《ひそ》めた。

ヴァレリーの言葉は間違っていないかもしれないが、だからといってジルを切り捨ててルネを選ぶ理由になるのだろうか。

「さあ、どうなのです？」

指先でそっと秘蕾《ひらい》を擽《くすぐ》られて、ぞくっと躰中に疼《うず》きが走った。

欲しい。

このまま流されてはいけないのに……思考するのが面倒だった。

鞭で打たれて嬲《なぶ》られた肉体は、既《すで》に屈しかけている。

何も考えずに、ただ、快感が欲しかった。

「おれは、相応しいんだろ……しろよ」

「男娼になる才能はありそうですね。それ以外は無能ですが」

蔑まれたルネは、かっとなった。

プライドを優先し、ヴァレリーを突き放してしまえばいい。そう思ったルネは身を捩《よじ》り、ヴァレリーを肘《ひじ》で押《お》し退《の》けた。

すぐに彼が一歩退き、ルネから身を離す。

「では、お勉強に戻りましょうか」

ヴァレリーは冷ややかな声音で宣告し、机に置いてあった数学の教科書を手に取った。

ぺたりと床に腰を下ろしたルネは、床板の冷たさに打ち震える。

このままやり過ごせば、ヴァレリーは見逃してくれるだろう。

躰の中に生まれた奇妙な熱を、逃がしてしまえば。

ルネはそう思って何度か床に尻を擦《こす》りつけてみたが、先ほど打たれた部分がひりつくように痛むだけで、凝《こご》ったような熱を放出するには至らなかった。

「どうしたのですか、それがあなたたちの階層の流儀だとでも？」

「……して」

ルネは掠《かす》れた声で訴えた。

こんなに可愛らしい頼み方をするつもりはなかったのに、疼きだした肉は自分で制御できないほどに浅ましかった。

「何を？」

「おまえのを、挿《い》れてくれ……ヴァレリー」

躰が溶けそうなほどに熱い。

こんなことは、初めてだった。

燃えるように火照《ほて》った肉体を持て余し、ルネはヴァレリーに挿入をねだった。

より強い快感が欲しくて、全身が待ち侘《わ》びている。

「——試してるんだろ、どうせ……」

「試されている自覚はありましたか」

「あるよ……」

ルネには主導権を握らせまいとしている、ヴァレリーの意図くらいわかっている。

躰で契約を結んだのではない。

その肉体ですらルネのものにはなり得ないと、ヴァレリーは教えている。

「子供相手に本気を出すつもりはありません。安心なさい」

「な」

「ただの肉として扱います。そのほうがあなたもいいでしょう?」

「肉……?」

「ジルでも何でもない、雄の欲望を受け止めるための肉です。それがわかったなら、立ちなさい」

なんて残酷な言いぐさなのだろう。

この男は、ルネを蔑んでいるのだ。

肉体を使うことで、ヴァレリーを支配しようとしたルネを。

心底蔑まれ、肉にされるのだという悦びにルネは暫《しば》し恍惚《こうこつ》とした。

熱いものが躰の奥底から湧き上がり、震えながら立ち上がった。

ルネは自《みずか》ら机に上体を押しつけ、男の前で微《かす》かに脚を開く。

「拡《ひろ》げなさい」

言われるままに自分の尻肉を両手で摑み、ぐっと拡げた。

「あー……ッ」

机に押しつけられたまま喘ぐルネの背後から、ヴァレリーがずぶっと楔《くさび》を突き立ててくる。

尖端《せんたん》が入った——思ったよりもなめらかに、中に、入って……。

ごりごりと大きく太いものが肉の峡谷を侵す感覚に、ルネはそれを追うことしかできなくなっていた。

「あ、あ、あっ……ああっ」

熱い。

焼け爛《ただ》れるようなその激烈な感覚は、痛みではなかった。

気持ちいい。

とにかく、気持ちがいいのだ。

自分をただの肉として扱う男に蹂躙《じゅうりん》され、征服され、快感を覚えている。

こんな歪《いびつ》な快感、今まで知らなかった。

「ひ、ぅ……や、あ、あ……」

こんなのがいいなんて、嫌だ、怖い。どうして――。

でも、すごくいい……。

「喘ぐだけですか？　私を愉《たの》しませるのが、娼婦の務めでしょう」

背後で男が囁き、ルネのうなじにくちづけた。

「うる、さい…っ…」

愉しませてやって弱みを握りたいのはやまやまだが、脳がもう、快感に犯されて上手《うま》くものを考えられない。

「少し締まりましたね。もっと力を込めなさい」

「あ、あっ、……は……大きく、するな…っ…」

「これは失礼」

両手でルネの腰を持ち、ヴァレリーが自分のものを打ちつけてくる。抉るような痛みもまたすぐに快感に変わり、ルネは喘ぎながら男の精をねだった。

こんな感覚を与えられたら、普通ではいられない。

ここまでの快楽は、初めてだった。

「あっ！　あ、出して……出して、ヴァレリー……っ」

「まだです」

いい。すごく、気持ちいい。

こんなのは、初めてだ。

「いい、中、欲しい……ほしい……」

初めていいという言葉を口にすると、切れ切れの声が震えた。

「欲しいのではなく、終わりにしたいだけでしょう？」

からかわれて、ルネは舌打ちをしたくもなる。

「出し、ちまえ……」

「下品な口の利き方だ」

囁いたヴァレリーが、律動を速める。

それが彼の生理的な欲求によるものなのか、それとも、さっさと終わらせて次の仕事に移りたいためなのかわからない。

こんなにぞんざいに扱われているのに、快感が募っていて。

喘ぎながらルネは上り詰め、机と床を自分の精液で汚した。

「さあ、それでは立って」

半ば無理やりに近い行為のあとで、ヴァレリーは端的に告げた。

汚れた脚のあいだを拭《ふ》くことさえ許されず、床にへたり込んだルネはぼんやりとした顔つきでヴァレリーを見上げた。

「……は？」

「数学にしたかったのですが、集中できないようなので、それまでは別のことをしましょう」

労《ねぎら》う様子すらなく、ヴァレリーは淡々と言う。

「立ち居振る舞いの練習です。あなたは少し猫背気味ですので」

確かに中には出さなかったものの、好きなだけ自分を貪《むさぼ》っておいての言いぐさではないので、ルネは目を丸くした。

「待てよ。まだ、躰が汚い……」

「どうせあとで風呂に入るのでしょう。湯の支度はさせます」

ふらついたままルネは立ち上がり、抗議の意味を込めてヴァレリーを睨んだ。

フランス人にしては珍しくアルノー家の連中は風呂が好きなようで、朝から入浴できるようにその設備もある。

それはいいとしても。

「冗談だろ。こっちは疲れてんだ」

ひゅんっと何かが飛んできた。

ぴしりという音と共に打たれ、手に血が滲《にじ》んだ。

「ッ」

一拍遅れて痛みがやって来た。

またしても、鞭で打たれたのだ。

「何しやがる！」

思わず怒りに震えて相手の襟首《えりくび》を摑もうとしたが、鞭を剣のように振るったヴァレリーに距離を取られて、それも上手くいかない。

おまけに、緩めたままのズボンに足を取られて転びかけ、ルネは慌てて服を着直した。

「これはあなたのためにやってるんです」

「おれのため？　あんたのためだろ！」

「どうして」

「間抜けにもご主人様を攫《さら》われたんだからな」

それを耳にしたヴァレリーの表情が微かに強張《こわば》り、彼はルネに一歩近づいた。詰め寄ったルネの顎を摑む。

「どちらでもいいのですよ、そんなことは。この家に主がいる限り、私は執事です」

本気、だった。

それがヴァレリーの真意なのだ。

その気魄《きはく》に当てられて無言になったルネから手を離し、ヴァレリーは改めて口を開いた。

「わかればいい。私の主らしくなさい」

「じゃあ」

むっとしたルネが自分の手を突き出す。そこからは血が滲んでいた。

「それが、何か？」

「舐《な》めて、治してよ。おれはあんたの主なんだろ」

「…………」

小さく息をついたヴァレリーがルネの手を取ると、顔を俯《うつむ》ける。そっと手を持ち上げられ、皮膚《ひふ》に生あたたかなものが当たった。

ヴァレリーの舌だ。

そう思った瞬間、ぞくっとした。

先ほどまで自分を肉扱いしていた男に尽くさせていると思うと、倒錯した悦びで躰がじわりと熱くなりそうだった。

「——さあ、練習をなさいますね？」

「もちろん、僕のヴァレリーの言うことなら」

わざとらしいルネの発音を聞いて彼は一瞬嫌そうな顔をしたものの、否定はしなかった。


ヴァレリーの丁重かつ的確な指導は、五日ほど続いた。

使用人たちにはルネは病気だと言い、ヴァレリーが手ずから面倒を見た。

そのあいだに、ヴァレリーはあっさりとサビーヌを辞めさせてしまった。彼女は最後までおどおどしていたが、「そのうちすべてがもとに戻ります」などと言いくるめられ、多額の退職金とともにあっさりとパリから故郷に舞い戻った。

ヴァレリーとはあれから躰を重ねていないが、疲れて勉強に集中できなくなるので、そのほうが有り難かった。

教科書を読みながらうつらうつらしかけたとき、ルネは外から誰かの大声が聞こえるのに気づいた。

何だろう。

門のあたりで誰かが叫んでいるらしかったが、騒がしくてまるで集中できなくなってくる。

「くそ」

ヴァレリーが聞いたら鞭打たれるような醜悪な言葉で毒づき、ルネは机の上に伏した。

「わかるかよ、こんなの……」

基本的なラテン語の文法、歴史、数学。学ぶべきことはたくさんあるが、語学はそこそこという事情から数学は諦め、ラテン語と歴史に焦点を絞った。

ヴァレリーさえ騙《だま》せれば、ルネは級友たちがどう思おうと知ったことではないが、どこにどんな厄介な輩《やから》がいるかわかったものではない。

ルネが偽物だと見破り、ヴァレリーが財産欲しさに外からルネを引き入れた――などという噂をでっち上げるような悪質なやつが現れてもおかしくはない。

かといって、ルネがいきなり学校に通わなくなるのは不自然だし、これもまた世間の耳目《じもく》を集めてしまう。

結局は、ルネはジルとして振る舞い、学校へ行くほかなかった。

いずれにしても、体系だった学問をしたことのないルネには何もかもが困難な課題だ。

いっそ教科書をまるごと覚えてしまったほうが早いだろうと思い、丸暗記に走っているところだった。

……それにしても、うるさい。

放っておこうと思ったが、突然、不吉な予感に駆られてルネは顔を上げる。

もしかしたら、ジルではないのか。

このところ学問に追われていてすっかり忘れていたが、騙されたことに気づき、そろそろジルがやって来たとしてもおかしくはない頃合いだ。

面倒な事態になる前に様子を見ておいたほうがいいだろうと、ルネは部屋を抜け出して門へ向かうことにした。

幸いヴァレリーの姿はなかったので、門扉のところくらいまでなら行ける。

こっそり玄関を抜け出して正門へ歩いていくと、門番が誰かとやり合っているところだった。

「…………」

やっぱりそうだ。

遠目から見てもわかる、輝く金髪——ジルだ。

こうして見ると、ジルの美しさは別れたときと何ら変わりがなかった。

ルネよりもずっと気高《けだか》いが、それでいて表情は優美さが滲み出ている。

どんな掃《は》き溜《だ》めにいようとも、本当に穢《けが》れのない人間は変わらないのかもしれない。

そう考えた途端に、苦々しいものが胸中に満ちる。

行為の際にルネをぞんざいに肉扱いしたヴァレリーの気持ちも、何となくわかる気がした。

自分とジルでは、雲泥の差だ。

その存在感からして、まるで違うものなのだ。

「何の騒ぎ?」

とにかく、騒ぎになる前にジルを追い払ってしまおう。

こんなところを近所の住人はもちろん、ヴァレリーに見られたくはなかった。

ヴァレリーがルネとジルを比べて、やはり、ジルのほうが適任だと判断する可能性もあったからだ。

二人が一緒にいれば、どう考えても、ルネのほうが不利になる。

「――ルネ……」

啞然《あぜん》としたように、ジルが呟いた。

「坊ちゃま、もうお加減はいいんで?」

門番の言葉に、「うん、すっかり」とルネははにかんだように笑んだ。

「この子、物乞《ものご》い?」

わざとその惨《みじ》めな単語を使ってやると、ジルは惚《ほう》けたような顔つきになって佇《たたず》んだ。

「そうです、坊ちゃま」

やはり、こんなに近くに二人のよく似た人間がいたとしても、周囲にはそれが認識できない。

豪華な衣装を着てそれらしく振る舞うルネを信じ、たとえどれほど華やいだ美しさを持っていようが、貧しい衣装のジルを顧みたりしない。

「可哀想だから何か恵んであげるよ。少し待たせておいて」

「慈悲深いお言葉ですが、そんなことは」

「たまにはいいこともしなくちゃ」

「ルネ、おまえ……！」

耐《た》えきれなくなったらしくジルが門扉に縋《すが》りつくと、鉄製の扉は彼の軽い体重を受け止めてがしゃんと音を立てた。

「どういうつもりだ！」

「どういうとは？」

口角泡を飛ばすばかりの勢いで、ジルが門を揺すった。

普段はおっとりとした彼を目にしていたので、その変化には驚かざるを得ない。

「僕を騙したのか⁉」

「何のことか、わからないな」

ここはしらばっくれるほかないので、とことん誤魔化《ごまか》す。

「坊ちゃま。こいつ、頭でもおかしいようで」

有り難いことに、門番があいだに入ってくれた。

「可哀想だけど、困ったね。警察でも呼ぼうか」

「なら、サビーヌを出せ！」

「サビーヌ？　あの子ならいないよ」

ルネは淡々と答える。

このときのために、ヴァレリーはサビーヌを追い払ったのだ。

つくづく、食えない男だった。

「いない？」

「暇をもらって郷里に帰ったんだ。もともと母親の具合が悪いようだったからね。ちょっとしたボーナスをもらって、喜んで帰っていった」

それは事実だった。

ルネの罪を知るものを許容してはおけないし、金をやって厄介払いしようと思っていたところ、ヴァレリーが協力してきた。

考えてみれば、使用人を雇うかどうかの権利を持つのはヴァレリーなので、それも当然だった。

けれども、ヴァレリーの考えていることはルネには一つとしてわからない。

「何をしているんです？」

あの麗しい低音が鼓膜を擽《くすぐ》り、ジルは凍りついたような顔になる。

背後からやって来たのは誰か、確かめるまでもなかったがつい口を開いてしまった。

「ヴァレリー」

ルネとジルの声が重なり、一つの音楽のようになった。

「ヴァレリー、おまえならわかるはずだ」

ジルの声を聞いたヴァレリーは怪訝《けげん》そうな顔になってジルを凝視し、それから、小さく頭を抑えて息を吐く。

「困りましたね」

ヴァレリーはそこで言葉を切り、視線をルネに移した。

いったい何を言い出す気なのかと、ルネは動揺した。

躰を明け渡し、口止めとしたはずだ。

「せっかく真面目《まじめ》に勉強をするようになったと思えば、こんなところで物乞いと喧嘩《けんか》ですか」

「ごめんなさい、違うの。喧嘩なんてしていない」

しおらしく目を伏せるルネをヴァレリーは見つめ、そして、門の外に立つジルに対して鋭い一瞥《いちべつ》を向けた。

「どこからそんな物乞いを呼び込んだんです？」

門番は「こいつが勝手に来たんで」と、口の中で言いながら弁解する。

「僕だ、ヴァレリー！　主人の顔を見忘れたか？」

ジルの言葉を聞き、ヴァレリーは呆気《あっけ》にとられた顔つきになる。

大した役者だった。

「どういうことですか？」

「それが、自分はジル様だと……」

門番がそう説明すると、ヴァレリーは深く頷いた。

「確かに、身なりを除けば顔立ちはよく似ておられる——が、物乞いと一緒にされてはアルノー家の品格に関わる」

ルネの肩に両手を置き、ヴァレリーは冷ややかに告げた。

「構わずに追い返してください」

「かしこまりました、ヴァレリーさん。二度とこの家に近寄らないよう、躰に教えてやりますよ」

「行こう、ヴァレリー。あとで、あの子に施す服をあげてもいい？」

ルネの提案に、ヴァレリーはしらじらしく頷いた。

「そんな親切をすることはないのですよ？」

「だって、可哀想なんだもの。僕に似ているってだけで、親近感が湧くし」

「わかりました。待たせておきなさい」

くるりと踵《きびす》を返し、ルネとヴァレリーが館《やかた》に向けて立ち去ってしまう。

「おい、ルネ！　ヴァレリー……ヴァレリー！」

ヴァレリーは暫くルネの肩を摑んでいたが、やがてそっと手を離した。

「……どうして？」

「何ですか？」

「どうしておれ……僕に、味方したの？」

「言ったでしょう。私は主に相応しい人間を選ぶ権利があると」

ヴァレリーは一息に言い切ると、ルネを睥睨《へいげい》した。

その冷ややかな目で。

「あなたがこの家をどうやって使いこなすのか、私には興味がある。それだけのことですよ」

「それ、だけ……？」

「ええ。ほかに何が？」

冷え冷えとした声だった。

「今日が六日目だから、おれを選んだってこと？」

「まだ結論を出すには早い。ですが、あなたは少なくとも、ジル様よりは努力することを知っている。もう少し、様子を見たいのです」

自分に何か彼を惹《ひ》きつけられるような魅力がある――否《いな》、それはないはずだ。

ただ、この謎めいた思考をする男は、何かあれば自分を切り捨てるだろう。

戦慄《せんりつ》とともにその予感がルネを襲った。

だから、自分はヴァレリーを繋《つな》ぎ止め、満足させなくてはいけないのだ。

――どうやって？


ルネに託されたドレスを包み、ヴァレリーはそれを門番に手渡すよう使用人に命じた。どうやらそれは、ルネが最初にこの屋敷に潜入する際に必要としたもののようだ。

ジルのために手切れ金でも入れてやろうと思ったが、それでは、ヴァレリーが入れ替わりに気づいていると悟られかねないので、それはやめておくことにした。

代わりに何も疑わないような純朴な下男にジルのあとを尾《つ》けさせ、居所を把握しておこう。暮らし向きも調べ、いざとなったらすぐに連れ戻せるようにしなくては。

そうまでしてルネをここに置くのは、ジルが憎いのではなく、ルネに興味を持ってしまったためだ。

この入れ替わりを容認するために、ヴァレリーは様々な理由を考えたものの、それらはすべて言い訳にすぎなかった。

今のところ、ヴァレリーの気持ちはルネに傾いている。

それは、上手く言葉には言い表せない理由からだった。

けれども、この状況を招いたのはジル自身にも原因がある。

踵を返してまた自室へ戻ると、地下の薄暗い廊下でルネが仁王立ちになっていた。

面倒なことを、とヴァレリーは心中でため息をついた。

使用人を大勢雇うような金持ちの家には、地上と地下の二つの世界がある。

アルノー家はもともと平民なのでその区分は厳しくなかったが、それでも、使用人の世界には割り込まないのが礼儀だ。けれども、ルネがそのルールを知らなくとも不思議はなかった。

「ここは使用人の領分だ。今のあなたがしょっちゅう来るべき場所ではありません」

「そんなのはどうだっていい」

尖《とが》った声で言い放つルネの目は、爛々《らんらん》と輝いていた。

まるで獣《けもの》だ。

仕方なくヴァレリーはルネを自室に引き入れ、彼に向き直った。

居心地よく整えられたこの部屋は、ヴァレリーにとっては大切な城だ。

食事もここで摂るのが常で、簡単な掃除ならば自分でする。そのような空間に、他人を何度も入れるのは本意ではなかった。

さっさと追い出してしまいたいという気持ちを隠し、ヴァレリーはルネに向き直る。

「どうしましたか」

「あんたは……いや、あなたは僕の味方なんだろう？」

探るような口調だった。

ヴァレリーの真意を知りたいのだろう。

ルネは気が強そうに見えて、案外猜疑的《さいぎてき》で、そして慎重だ。

この家に潜り込んだ大胆さを考えるとその慎重さは不思議だったが、どうやら、ヴァレリーの真意を測りかねているらしい。

正解だ。

ヴァレリーとて、自分の気持ちに正解を見つけられずにいた。

ただ、ルネを初めて認識したときから、この大胆不敵な少年の成し遂げようとしていることを見てみたいと、そんな欲望に駆られてしまったのだ。

そして、彼のなすことはヴァレリー自身の思惑と合致するかもしれない、と。

「味方になったつもりはありません」

冷えた声音で心情を宣告すると、彼は途端に悔しそうな顔になった。

本当に、たくさんの表情を持つ人だと感心する。

それでは、ジルはどうだったろう。

ヴァレリーの前でジルがどんな顔をしていたのか――思い出せなくなりつつあった。

「おれは、あんたを飽きさせない」

「なぜですか?」

「なぜって……やり遂げたいことがある。そのためにこの家は必要だ。ヴァレリー、あんたの力も必要なんだ」

立ち上がったルネはそうして、ヴァレリーの前に膝を突いた。

「力を貸してくれ」

相変わらず傲岸《ごうがん》な口調で言ってのけたルネは、ヴァレリーの手を摑んでその甲にくちづけた。

やわらかく軽い唇だった。

だが、そのルネに似合わぬ恭《うやうや》しい仕種《しぐさ》に、ヴァレリーがどきっとさせられたのも事実だ。

「――主のすることではありませんよ」

主従の区分ほど大事なものはない。

ヴァレリーはジルやルネを窘《たしな》めるような言動はするものの、それは彼らが教育の必要な子供だからだ。

最終的には、彼らはやがて己の主になる。

立場が同等になることなどあり得ない。

けれども、ルネが望むのは第三の道――共犯者としての立場だった。

それゆえに、少しばかり戸惑っている。

「わかってる。でも、あんたがおれに服従してくれないのだから仕方ないだろう」

ヴァレリーから手を離したルネは身を起こし、長椅子に腰を下ろしてふんぞり返った。

その落差が少し、おかしい。

「あなたはジル様ではありませんから」

「じゃあ、どうやったら、おれに服従するんだよ」

呆《あき》れたような、お手上げだとでも言いたげな声音が愛《いと》おしかった。

単純なことだ。

「あなたがどう生きるか、見せてごらんなさい。その生き様が私の主に相応しいか、否か。それだけでいい」

「あんたに大切なのは、この家なのか？　それとも、自分の主なのか？」

「仕えるべき主がいて、立派でありさえすれば、従者は幸福なものです」

「――そうか。だったら、おれがあんたの理想の主になってやるよ」

決意に満ちた声で相槌《あいづち》を打ち、ルネは炯々《けいけい》と輝く目でヴァレリーの双眸《そうぼう》を射る。

この目だ。

初めて、自分の主が別の人間と入れ替わったのではないかと気づいたのは、この生き生きとした双眸のせいだった。

力強く、魂の輝きを示すような瞳。

この目に引き摺《ず》られてしまう。

ルネがこれから何をするのか、どう生きるのか、それをつぶさに見届けたくなってしまう。

たとえそれが罪に荷担することであっても構わないと、そう思わされそうになるのだ。

否、罪ならばもう犯している。

同性に触れること自体が禁忌であるのに、ヴァレリーは彼との関係においてそれを易々と飛び越えてしまった。

ルネに触れることで、愉悦を味わったのだ。

自分はそう簡単に禁忌を破れるような人間ではないのに、ルネは特別だった。

この、不可思議な感情。

衝動のような疼痛《とうつう》のような不思議なこれは、いったい、何なのだろう……。

ヴァレリーはそれを解析する術《すべ》を知らなかった。

「あなたこそ、その力で私を傅《かしず》かせてごらんなさい」

おかげで、思ってもみなかった言葉が口を衝《つ》いて出てきた。

「あんたを？」

「主人に足る人間だと、私に頭《こうべ》を垂れさせればいいのです」

「……善処するよ」

そう答えたルネはにやりと笑い、「じゃあな」と言ってくるりと身を翻《ひるがえ》す。

まるでつむじ風のような少年がいなくなると、ヴァレリーの部屋はやけにがらんとしたものになった。

どっちつかずで不実な真似をしているという自覚は、あった。

先ほど門前に訪れたジルを拒んだことに、ヴァレリーは己らしからぬ後悔を覚えていた。

当分ジルが近寄らないようにするため、『ここはあなたが来るべきところではありません。以後、二度と顔を見せないように』とまで言ってしまったのだ。

生き馬の目を抜くような人々が闊歩《かっぽ》するパリで、ジルのような陽向《ひなた》育ちの御曹司《おんぞうし》は生き抜けるわけがない。そう危惧《きぐ》するならばルネを追い出してジルを連れ戻せばいいのだが、ルネをもう少しそばに置いておきたいと願う自分がいるのも事実なのだ。

ヴァレリーは未完成のドールハウスを見下ろし、その完成図を想像しようとした。

だが、心が乱れて上手くいかない。

「………」

自分の中にある矛盾には気づいている。ルネとジルの双方に手を差し伸べることはできない。

未だに答えは出ていないが、仮にルネのほうが主に相応しいと判断できたとき、自分はジルを見捨てられるか？

今でさえもこっそり人を雇い、奇跡小路に潜伏するジルの動向を見張らせているのに、アルノー家という己の芸術品を作り上げるために彼を完全に捨てることなどできるだろうか。

非人間的だと思っていた自分自身の揺らぎに惑い、ヴァレリーは眉を顰《ひそ》める。

結論は出ない。

もう少し様子を見るべきだと決め、ヴァレリーはその問題を棚上げすることにした。

5

「あ」

授業が終わり教室を出ようと思った矢先、ころころと転がってきた万年筆が、ルネの足許に落ちる。一瞬迷ってから思わずそれを拾い上げると、不安げに自分を見守る少年と目が合った。

「どうぞ」

「あ、ありがとう、ジル」

何気なく手渡してしまったが、少し戸惑ったような返答に、ルネは自分がまずいことをしたのではないかと迷う。

「何か?」

「いや、君が拾ってくれたのが、とても意外で」

「ああ、そう?」

「いつもちょっと近寄りがたいっていうか、澄まして見えるからかな」

長身の少年は一気にそう言ってから「ごめん」と微《かす》かに頰《ほお》を染めた。

「いいよ。じゃあ、また明日」

ルネはそう言って身を翻《ひるがえ》し、玄関へ向かう。後者から出たところで、「待てよ！」と先ほどの彼が追いついてきた。

「よかったら今日は一緒に帰らないか？」

「ヴァレリー……執事が迎えに来ているんだ。だから、校門までなら」

「いいのか？」

「いいのかって、校門までだ」

「君は許してくれないと思ったよ」

声を弾ませて言った彼の名前を思い出そうとしたが、どうにも印象が薄くてだめだ。そうしているうちに近くの席の小柄な人物も立ち上がり、ルネに同行することにした。

彼らは名残を惜しむように校門への道のりを、殊更《ことさら》ゆっくり歩いた。

同級生の話では、ジルはとてもつき合いが悪かったようだ。

「ジル、今日の試験はすごかったな！」

「そうそう、ラテン語の発音、綺麗だったよ」

「このところ休んでいたあいだに、勉強したとか？」

「そうじゃないよ」

じつはそうなのだが、さすがに学校を休んで猛勉強したとは言い難い。

「高熱を出して、死にそうになって考えた……やっぱり勉強をちゃんとしたいって。もっと友達と仲良くしたかったんだ」

適当な嘘を連ねてだめ押しにルネがほんのりと笑ってやると、彼らはまるで火が点いたように赤くなった。

ちょうど校門まで来たのでそこで二人と分かれ、ヴァレリーが待つ軽二輪馬車《キャブリオレ》に近づく。昼と夜では馬車を変えるなんて、いかにも金持ちらしい大した道楽だった。

「お待たせ」

「上手くできたのですか？」

「勿論！」

「それは結構。でしたら、次の場所へ行きますよ」

次？　次とはどこだろう。

ルネが聞く前に、馬車はアルノー家とは正反対の方角へ向かっていた。

「一、二、三、一、二、三……だめですよ、ジル様。足がふらついている」

手と腰に手を添えたアントワーヌの厳しい言葉に、ルネは唇を噛《か》み締める。

勉強は仕方ないにしても、ヴァレリーはダンスに関しては妥協しなかった。

社交の基本にダンスがあるのは今も昔も大差ないらしい。

ヴァレリーは最新のダンスを教えてくれるという触れ込みの講師・アントワーヌを選び、学校が終わってすぐにルネをその家へ連れてきたのだ。

ルネに徹底的にダンスを仕込むためには、素人《しろうと》同然の姿を使用人には見せたくなかったのだろう。

「ジル様、少しお休みしましょう」

「はい」

汗だくになったルネは床に座ろうとしたものの、それはいけないと思い直して手近な椅子《いす》に腰を下ろした。

ポケットから出したハンカチーフで、額《ひたい》の汗を拭《ぬぐ》う。

上着とベストは脱いでいたものの、腕捲《うでまく》りをするのはみっともないとヴァレリーが眉を顰《ひそ》めるので、たとえ彼の視線がないところであったとしても我慢しなくてはならなかった。

アントワーヌは水差しの水をグラスに注ぎ、そっとルネに手渡す。

「そもそもダンスは優雅なものなのですから、そこまで汗を掻《か》いてはいけません」

「すみません」

華やかな金髪の男は美形ではなかったが、笑うと目尻が垂れ下がって愛嬌《あいきょう》のある顔をしていた。

「それにしても、あのヴァレリーが連絡を寄越すから何かと思ったら、ダンスのレッスンですからね」

「え、もともと知り合いなのですか」

「そうですよ」

男はにこにこと笑って答えた。

「同じリセを出ているんです。僕はダンスの才能があったのでこちらに進み、ヴァレリーは執事になりました。まあ、逆にいえば僕が落ちこぼれたってことなんですがね」

冗談めかしてアントワーヌが言ってくれたので、少し、気持ちが解《ほぐ》れる。

「ふうん……そんなこと、一言も話してくれなかった」

「自分のことは滅多に話さないやつですから」

アントワーヌは記憶を辿るように、顎に手を当てる。

「変わってましたよ。てっきり聖職者にでもなるかと思ってました」

「聖職者?」

「融通が利かないし、何か……自分の中にある秘めたものを御そうと葛藤しているようでもありました」

さらっと答えて、アントワーヌは白い歯を見せて笑った。

「すみません、難しかったですね。ヴァレリーはもうずっと前に、己のすべきことが何か定めてしまっている。だから、そこから抜け出せない性格なんですよ」

「不自由ですね」

「不自由か……うん、それはいい表現です」

不自由という発想はなかったらしく、彼はおかしそうに目を細めた。

「一休みできたら、続きをやりましょうか」

「……はい」

またこのアントワーヌの足を踏みながらダンスのレッスンをするのかと思うと、胃が痛くなりそうだ。

しかし、ヴァレリーの足を踏むよりはましだった。

「できるようになるまで通っていただくので、心配はいりませんよ」

「はあ」

それはそれで、憂鬱《ゆううつ》だ。

しかし、ヴァレリーはルネがジルの代役を演じきるまでは許してくれないだろう。

ダンスは社交の基本であり、ラテン語や数学とはまた別の意味で必要な知識だった。

「どうですか」

入り口から声をかけられ、ルネはついそちらを振り返る。

ヴァレリーだった。

「おまえ、忙しいんだろう。よく見に来る余裕があるな」

ルネの刺々《とげとげ》しい言葉を耳にしたものの、ヴァレリーはまるで意に介していない様子だ。

「用は済みました。帰りに仕立屋に寄りますので、間に合う時間に終わらせてください」

「わかった」

ルネとジルでは微妙に体型が違うので、シャツや衣服を作り直すのだという。

靴のサイズがぴったりなのは有り難かった。

「出かけないのか？」

「全部済ませたというのが聞こえませんでしたか」

暗に暫《しば》く見ていると言われ、ルネは緊張に身を強張らせた。

言葉通りに腕組みをしたヴァレリーが自分をじっと見つめているので、ルネはばつが悪くなってしまう。

「おまえ、相当ジル様のことが気になるんだなあ」

感心したようなアントワーヌの声に、ヴァレリーは何も言わない。

「ヴァレリー、折角だから君が手を叩《たた》いてくれないか」

「私が？」

「そう。ジル様と踊りながらだと手を叩けないからね」

教師の頼みに、ヴァレリーはむっとした顔つきになる。

しかし、反論せずにいきなり手を叩きだした。

「ッ」

それがおかしくて、ルネはつい吹き出してしまう。

ヴァレリーはむっつりとした顔をしていたものの、特に異論はない様子だった。

ぱちぱちと手を叩くリズムは一定で、いかにもヴァレリーらしい正確さだ。

「ジル様、踊りましょう」

「あ、はい」

ヴァレリーは何も言わずに、一心にルネを見守っている。

ヴァレリーが憮然《ぶぜん》とルネのダンスを見守っているので、ひどく緊張し、かえって足が縺《もつ》れてしまいそうだった。


空は澄み渡り、本日は快晴。

ほどよい外出日和《びより》で、馬車に乗る前に空を見上げたルネは碧眼《へきがん》を細める。

帽子の鍔《つば》があってもなお、陽光が眩《まぶ》しかった。

「それでは、よろしいですか」

「わかってる」

何も聞かずにルネが即答すると、ヴァレリーは「わかってませんね」とため息交じりに言った。

こんな楽しい外出日に、ヴァレリーのお小言は御免だ。

「だって、何であろうとおまえの言うことは注意ばかりだろう。聞いても聞かなくても一緒だ」

ばっさりと切り捨てるルネに、ヴァレリーが一瞥《いちべつ》を向ける。

「では、注意しなくていいようにしてほしいですね」

「はいはい。それくらい簡単ですけど？」

からかうような口調になったルネに、ヴァレリーは片眼鏡《モノクル》越しに視線をくれるだけだった。

立ち居振る舞いをヴァレリーにみっちりと仕込まれたルネは、今日、初めて学校以外のところへ出かけるのだ。

学校では取り立てて問題なく振る舞えたので、ヴァレリーは満足しているようだった。

尤《もっと》も、それもこれも、家での血の滲《にじ》むような努力があってのことだ。

「はいは一度で結構です。重ねると下品に聞こえます」

「わかってるよ」

パリっ子はそう競馬は好きではないと言われているが、ナポレオン・ボナパルトは競馬により馬の競争力を底上げする重要性を知っており、競馬を奨励した。

それをきっかけに、パリ市内には競馬場が誕生したと言われている。

いずれにしても、競馬場へ出かけるのは社交界では重大な嗜《たしな》みの一つだ。

ロンシャンの平原にあるロンシャン競馬場は、一八五七年にオープンした。

セーヌ川で仕切られていた平原を、ロンシャン修道院の壁の一部と、ブローニュ墓地のある丸い丘を切り崩し、その残土でこの土地を埋め立てたのだ。

競馬場は三十メートル幅のコースを二つ有している。一方は平地で二千メートルの長さのもの、そしてもう一方は平地とブローニュの森を結ぶ三千メートルのものだ。観客席は五千人を収容できると言われ、一大社交場となっていた。

フランス産馬として初めてダービーを勝ったグラディアトゥールが帰国後に凱旋《がいせん》優勝したのも、毎年六月に行われるこのパリ大賞典《パリ・グランプリ》だった。

フランス人にとって競馬は、イギリス人への対抗心から燃え上がるものであり、それゆえにイギリスの馬に一泡吹かせたグラディアトゥールは絶大な人気を誇った。

パリ大賞典はそれだけ人気のあるレースで、この日の競馬場は華やかな社交場に変わる。

ここでそつなく上手《うま》く振る舞わなければアルノー家の跡取りの評判が落ちるし、偽物だとばれてしまうかもしれない。

そうでなくとも、陥《おとしい》れられたジルがどう反撃してくるかはわからないのだ。もしかしたら、今日の外出に勘づき、競馬場に乱入してきて、ルネの罪を告発することだってあるかもしれない。

ダニエルが上手く手綱《たづな》を握ってくれればいいが、その点までは不明だ。ダニエルとルネは幼馴染《おさななじ》みといっても、ジルのほうがダニエルと仲良くやれそうなのはわかっていた。ダニエルがジルに絆《ほだ》されてもおかしくない。

――まあ、どうでもいいけれど。

自分にはヴァレリーという、強力な味方がいる。

ルネが努力すれば、ヴァレリーはきっと手助けをしてくれるはずだ。

だが、それを確信しきれない自分もいるのだ。

「もし今日、おれが失敗したらどうするの？」

「愚問ですね」

ヴァレリーは首を横に振った。

「あの方として社交界にデビューするまで、わざわざ一月差し上げたんですよ。それで上手くやれないのであれば、草の根を分けてでも、ジル様を捜し出すだけです」

結局、ヴァレリーが考えているのはジルのことだ。

鼻白《はなじろ》んだルネは頬杖《ほおづえ》を突いたまま外を眺めていたが、ややあって馬車が止まった。

「行きましょう」

白い手袋を嵌《は》めた手を差し出し、ヴァレリーが馬車から降りるのを手伝ってくれたので、ルネは迷うことなくその手に触れる。

互いに手袋越しではあったが、ヴァレリーはしっかりとルネを支えてくれた。

それで少しばかり、気持ちが落ち着いてくる。

大丈夫、できる。

上手くやれるはずだ。

きりっと表情を引き締めたルネは改めて顔を上げ、目前に広がる光景に息を呑《の》んだ。

「わあ……」

声を上げたのは、初めてまともに目にしたロンシャン競馬場の全容があまりにも華やかだったためだ。

人々は皆、馬車や馬などといった思い思いの手段で到着している。先ほどからひっきりなしに門から馬車が入ってきており、芝生《しばふ》は様々なデザインの馬車で埋め尽くされていた。

パラソルを持った貴婦人、正装に身を包んだ紳士たち。女性陣のドレスはいずれも最新流行のものだし、紳士たちもバリエーションを出しにくい中で、精一杯の自分らしいお洒落《しゃれ》をしている。

今日は片眼鏡《モノクル》を外したヴァレリーは帽子を被《かぶ》り、こうして見ると立派な紳士だ。

先導のために歩きだしたヴァレリーは、あっという間に令嬢たちに取り囲まれた。

「まあ、ヴァレリーさん」

「いらしてたんですの？」

ヴァレリーは少しばかり困ったような顔で笑んだ。

たかが執事だと思って舐《な》めていたものの、ヴァレリーはその美貌《びぼう》のおかげか女性には圧倒的な人気を誇るらしい。

富裕な階層にとっては結婚はただの社会的な約束で、夫婦はいずれも外に愛人を持つ。それを見初《みそ》めるのはこういう社交場なので、必然的に彼女たちも力が入っているのだろう。

まったく、上流階級というのはつくづく爛《ただ》れている。

ルネの仲間である明日をも知れぬ貧乏人たちをなぜか思い出してしまい、胸が痛んだ。

「ええ、今日は主《あるじ》のお供です」

「ということはマリーさんがいらしているの？」

「生憎《あいにく》、体調が優れないとのことで、お孫さんのほうです」

「まあ！　ジルのことね」

そこで初めて視線を感じたルネは、華やいだ笑みを浮かべることで彼女に応えた。

「こんにちは」

「久しぶりね、ジル」

それしか言えなかったが、ヴァレリーが先回りしてくれる。

「新居はいかがですか、ルイゼさん」

その言葉から、彼女がヴィリエ通りのカルディネ街に引っ越したモンソー家の令嬢であるのに気づいた。

「本当に素敵なおうちなの。ぜひ一度いらしてくださらない、お二人とも」

「機会がありましたら。ぜひ伺いたいな、ヴァレリー」

そつなく返すルネを見やり、ヴァレリーは会話の主導権をルネに渡す。

「まあ、本当？」

「あなたみたいに素敵な人の住む家だから、さぞや素晴らしいのでしょうね」

一か月もあれば、ウィットの利いた会話というのも容易《たやす》い。

ルネは控えめな調子で彼女たちに甘い微笑《ほほえ》みを与えた。

この調子なら、ちょろいもんだ。

ブルジョワジーだろうが何だろうが、上手くやってやる。

「ねえ、あっちに行ってくる」

ヴァレリーが紫色のドレスを身につけたご婦人に捕まってしまったので、ルネはそう言って執事から離れようとした。

「お待ちください」

早口で言ったヴァレリーが引き留めかけたため、ルネは首を横に振った。

少しは社交界に関しての情報集めをしたいし、それにはヴァレリーがいると動きづらい。

「大丈夫だって、これくらい」

ルネはにこりと笑ってヴァレリーの肩を叩き、芝生の散策を始めた。

「あら、ジル」

「珍しいわね、こんなところで」

「お久しぶりです」

名前などわからなくても、適当に話を合わせて相槌《あいづち》を打てばいい。

社交界なんて、こんな簡単なものだったのか……。

……いや、当たり前か。

ジルはぱっと見ても人目を惹《ひ》く美少年だ。

取り巻きになりたいという連中はごまんといただろう。

それを阻《はば》んでいたのは、ヴァレリーなのだ。

「今度うちに来て」

「そうよ、うちにもいらしてちょうだい」

「ありがとうございます。でも、ヴァレリーが許してくれないと」

「あら！」

金髪の令嬢が頰《ほお》を紅潮させて、一人、甲高《かんだか》い声を上げる。

「ヴァレリーが一緒だからいいんじゃないの」

「そうよ、絶対一緒に来て！」

彼女たちも目当てはヴァレリーのようで、ルネは内心で苦笑する。

それにしても、社交界というのは面倒なところだ。

本日のメインである最終レースは十五時に始まるので、まだ二時間ほどある。

そのあいだも、だんだん馬車が増えてきて身動きが取れなくなってきた。

社交界の人あしらいは思ったよりも難しくなく、ルネはすっかり得意になっていた。

そうして同年代の令嬢たちとしゃべっていると、驚くほど派手な馬車が門前に現れた。思わずそれに目を留めてぽかんとしていると、令嬢の一人がそれに気づいた。

「ジル、どうしたの？」

「え？　あ、ああ、ほら、すごく派手な馬車が」

ジルと呼ばれるのは久しぶりだったので、ルネはすぐに自分を取り戻した。

「ああ！　あれはジャン・ポールのご自慢の馬車よ」

彼女たちはころころと笑った。

白地に金で塗りたくられた馬車は見るからに派手で、人目を惹いている。おまけに馬はすべて白馬で、ごてごてとした飾りもつけられていた。

要するに、とても趣味の悪い代物《しろもの》だ。ちらりと視線を向けると、一瞬、ヴァレリーの表情にげんなりしたものが浮かんだのを見逃さなかった。

馬車から降りてきたブルネットの男は、三十代前半というところか。

いかにも軽薄そうなにやにやした顔つきだ。彼は馬車を降りるなり近づいてきた取り巻きと話していたが、ルネがその場にいるのに気づいたらしく、すぐに大股で近寄ってきた。

「やだ、来たわ」

「またね、ジル」

女性たちはそう勝手なことを口々に言い残すと、男をルネに押しつけて自分たちは蜘蛛《くも》の子を散らすように逃げだしてしまう。

ヴァレリーはまだ女性陣に囲まれており、そこから抜け出せないらしい。視線を向けられたところで対処を思いつくわけでもない、逃げだすのは不可能だった。

「やあ、ジル」

快活に挨拶をする男は、シルクの手袋をしたままでルネの手を恭《うやうや》しく取る。

膝を突き、「元気だったかい、我がミューズ」と微笑を浮かべた。

ミューズということは芸術畑の人物だろうか。そうした特異な才能によって、ルネの正体を見破ることがなければいいのだけれど、この男の観察眼はどれほどのものなのか。

「そこまでしなくていいですよ。——こんにちは」

「久しぶりだな」

「ええ、お元気でしたか？」

「恋の病《やまい》に溺《おぼ》れなければね」

「恋？」

「つれない君のせいだよ、ジル。もう君も大人なんだから、いつまでもヴァレリーの背中に隠れていないで、たまには僕と逢い引きを楽しむのはどうだい」

にやけていて、いかにも下卑《げび》た視線が不愉快だ。

おまけにああ言えばこう言う、嫌な意味での頭の良さがある。

「どうだい、今度うちの別荘にでも。新しい別荘を買ったんだよ」

「そういえば、最近流行《はや》っていますね」

男はルネの手を握り締めたまま、離そうとはしなかった。

手袋なんて持って回った上流社会の装飾品だと思っていたけれど、こういうときには必要性を実感してしまう。

直《じか》に触られなくてよかった……この男は、気味が悪すぎる。

「そんなお堅いことを言うなよ。我々ブルジョワジーは社交も重要な仕事の一つだ」

同じブルジョワ仲間ということはわかったが、名前が判明しない以上は深入りは危険だ。

「ジャン・ポール・モロー様。いかがなさいましたか」

つかつかと歩み寄ってきたヴァレリーの姿に、男はルネの肩からぱっと手を離した。まるで何かまずい悪戯《いたずら》が見つかった子供のような、そんな反応だ。

「いいや、ちょっと商談だ」

「まだ何も話していません」

「……ま、いいか」

男はにやりと笑って踵《きびす》を返し、それからルネの耳許《みみもと》に顔を寄せた。

「今度ゆっくり話そうぜ、ジル」

今度はいやに砕けた、下品な物言いが気味が悪かった。

「いえ、僕は結構です。こうして時々、お話ができるだけで」

「そう言うなよ、つれないだろう?」

鼻持ちならない自信家で、それでいてセンスは悪い。

彼は漸《ようや》くルネから離れると、何やら詩編のようなものを口ずさみつつ遠ざかっていく。

——よかった、やっとあいつと離れられた。

安堵《あんど》するルネに、ヴァレリーが「何かありましたか?」と尋ねた。

「今のは?」

背伸びをしてルネがこっそり耳打ちすると、ちらりとこちらを見やったヴァレリーは渋い顔になった。

「あれはジャン・ポール・モロー様です。資本家で羽振りもよく、最近は鉄道事業にせっせと投資しておられるとか」

「芸術家かと思った」

「かぶれているだけです」

「ふうん。ジルに気があるのかな。このあいだ来たベルナールだっけ。あいつといい、ジルは男にもてるな」

くくっとルネが笑うと、ヴァレリーは「少し違うと思います」と述べた。

「どういうこと?」

「ご自分でお考えになってはどうですか」

ヴァレリーはそう言うと、冷徹な目でルネを見下ろした。


ワイン蔵の点検を終えたヴァレリーは自室に戻り、それから、人の気配を感じて眉を顰《ひそ》めた。

部屋に、誰かがいる。

石油ランプに火を入れてぼやけた光であたりを検分すると、寝台の上がこんもりと盛り上がっている。

この屋敷に犬猫はいないし、考えるまでもなく犯人はすぐにわかった。

「何の用ですか？」

さすがに慣れっこになっていたので、今更驚いたりはしない。

「おれのお願い、聞いてほしくてさ」

するっと寝台から出てきて脚を組んだルネは、上目遣いにヴァレリーを見やる。

可愛らしさを装っているが、どちらかというとコケティッシュだ。

誘うような目をして、ヴァレリーが自制心のない並の男ならば、とっくに彼を襲っていたかもしれない。

実際に、競馬場でもアルノー家の若君がぐっと大人びたと評判だったからだ。

「高くつきそうですね」

「そうでもない」

「どうだか」

ため息をついたヴァレリーの腕を摑《つか》み、ルネが微笑んだ。

「代わりに、快《よ》くするからさ」

「快くしていただかなくて結構。あなたのやり方は児戯《じぎ》に等しいですからね」

ばっさりと断ち切ってやるつもりだったが、ルネはまるで気にしない様子で脚をぱたぱたとさせた。

「そう思う？」

「思いますね」

あれから、ほぼ一月。

ルネには覚えさせる事柄がたくさんあったし、彼の肉体には興味がなかったので、ヴァレリーはルネと寝てはいなかった。

「じゃあ、もう一度させてよ。このあいだのは本気を出してなかったんだ」

にこやかに笑っているくせに、そのまなざしは真剣だ。

まるで肉食獣だ。

彼は自分の肉を食わせるくせに、その一方で自分を喰《く》らう相手を罠《わな》にかけようと虎視眈々《こしたんたん》と狙《ねら》っている。

それならば、乗ってみるのも一興か。

つまらない、真面目《まじめ》なだけの男だと思っていた自分自身の見知らぬ一面に、ヴァレリーは我知らずたじろいだ。

「またするんですか？」

呆《あき》れたような声を出したのは、自分の動揺を隠すためだった。

「あんたを参らせるまではね」

「十分、参ってますよ」

ヴァレリーは冷ややかな口調で言ったが、ルネは引き下がらなかった。

——当然か。

ルネはとても負けず嫌いだ。

特に頭脳に関して否定されるのが嫌らしい。他人から愚か者と思われるのが、我慢ならないようだった。

それは、自分の頭脳だけで生き延びてきたルネにとっては、当然ともいえる矜持《きょうじ》だった。

「座って」

言われたとおりに渋々その場に腰を下ろすと、ルネはすぐに床に跪《ひざまず》いた。

ルネはすぐにヴァレリーのズボンの前をくつろげると、前立てから性器を引っ張り出す。

はじめはそれを手でやわやわと揉《も》んでいたが、すぐに、口をつけてきた。

「ンむ……」

予想はしていたが、その感覚には弱い。

さすがのヴァレリーも、小さく息を詰めた。

端的にいえば、気持ちが良かった。

女性と寝た経験は何度もあった。

けれども、口を使う奉仕など商売女だってやらないし、普通の女性も殆《ほとん》どしないだろう。

つまり、これはルネだけが持ち合わせた特権的な技法だ。

だが、普通の女がやらないのは、これが汚い行為だと知っているからだ。

冷えたまなざしで観察されていることを知っているであろうに、ルネはそれをやめたりはしない。

「ん…ほら、あんたも…大きく、なってきた……」

「人間の肉体の摂理です」

声が揺らぎそうになるのを堪《こら》え、ヴァレリーは平静を装って告げる。

比べるべき相手を知らないが、ルネの技巧は相当なものだろう。

自分が平穏でいられなくなるのは、こうしてルネに触れられるときくらいのものだ。

「わかってないね」

美しい顔を上げ、彼はつまらなそうに鼻を鳴らす。

「いつも取り澄ましたあんたが、人間だってわかるのはこういうときだ。あんたは生きてる……やっぱり血が通った人間なんだ」

ぺろりと唇を舌先で舐め、促《うなが》すようにルネは雄蕊《ゆうずい》にキスをする。性器をねろねろと舐められ、さすがのヴァレリーの額にも汗が滲《にじ》んだ。

「それはどうも」

「だから、出しちまえよ。この口にさ」

歌うように言いながら、ルネはヴァレリーの性器にむしゃぶりついた。

「ふ」

さすがにヴァレリーは小さく息を詰める。

汗で片眼鏡《モノクル》が曇り、視界が不明瞭になった。

ルネの体内は、まるで煮えたぎっているかのようだ。

よく蒸れた口腔の中で舌がやわやわと動き、ヴァレリーの感じるところを探している。と同時に彼は唇をきつく窄《すぼ》めて強く吸い上げ、締めつけるような刺激を与えているのだ。

その二つを同時にされるのだから、たまらない。

ルネの舌も口腔の粘膜もどちらも熱くて、溶かされてしまうのではないかと思う。

その金髪は汗で湿っており、彼の髪から落ちた雫《しずく》と唾液《だえき》が床をじっとりと濡《ぬ》らしている。

「はむ……んくぅ……うン……ー…」

こうして、触れる度《たび》に思う。

ルネは自分にとっては、まるで未知の人類なのかもしれない。

そうでなくては、彼の肉と心がこれほどまでに熱い理由が、ヴァレリーには理解できなかった。

「それで、頼みというのは？」

既に衣服を整えたヴァレリーは、半裸で寝台の上でごろごろしているルネに目のやり場がないとでも言いたげなまなざしを向け、ふいと逸《そ》らした。

当然のことながら口淫《こういん》だけで行為は終わらず、ルネはヴァレリーに跨《また》がってその精をこってりと搾《しぼ》り取った。

尤も、ヴァレリーが受け身ではこのあいだのような快楽を得られず、ルネとしては若干不完全燃焼気味だったが。

「あのジャン・ポールってやつのこと、教えてよ」

それを聞いたヴァレリーは、微かに息を吐いた。

どうやら、面倒な相手のようだ。

「知りたいなら、そう言えばいい。躰《からだ》なんて引き替えにするまでもないでしょう」

「うるさいな。家にご招待されそうだったから、知りたかったんだよ」

ルネは微《かす》かに頬を赤らめた。

それは勿論、ヴァレリーなら教えてくれるだろう。

こんな七面倒臭い取り引きをする必要なんて、どこにもない。

でも、昨日のヴァレリーは令嬢たちに囲まれて優しい顔をしており、何だかいつもの彼ではないようで。

だから、見てみたかったのだ。

自分のせいで彼が乱れるところを。

いや、それだけじゃない。

自分を見つめてほしい。

彼のその灰色がかった目で見つめるのは、ルネだけであってほしかった。

——もちろんそのまなざしは、本来ならばジルに向けられるべきものだったが。

ただ、ヴァレリーを誰かに攫《さら》われたままにしておくのは嫌だったのだ。

「趣味の悪い方です。実家は革命後の成り上がりで、あまり評判もよくありません」

「それはアルノー家だって似たようなものだろ」

「この家の方々は、それなりに控えめですから」

「ふうん」

そういうところが、社交界での評判を分けるラインのようだ。

「招待を受けたくなれば、暫くおとなしくなさいますか」

「まさか」

ルネはにっと笑った。

「忙しくしてりゃ、ジャン・ポールの呼び出しになんて応えなくていいってことだろ」

「そういうわけにはいかないでしょう。あの方は、アルノー家にとって重要な商売相手です。呼ばれて応えないわけにはいきません」

「でも、好きになれない」

その答えを聞いて、ヴァレリーは首を横に振った。

呆《あき》れた、という意味だろう。

「好き嫌いで人とのつき合いを測っては、社交などできませんよ」

「あんたはおれが、競馬を見にいったりダンスをするために、ジルと入れ替わったと思ってるわけ？」

鋭い声でルネが問うと、ヴァレリーは「違うのですか？」とぬけぬけと尋ねてきた。

「それくらい、わざわざアルノー家を乗っ取るまでもない。金がちょっとあれば、簡単にできるだろ」

「言いますね。では、何をしたいんです？」

はじめはただ無我夢中でアルノー家を欲しただけだったが、この暮らしを続けるうちに何となく気づいた。

贅沢《ぜいたく》な暮らしをしているだけでは、この胸の痛みを忘れられない。

忘れるためには、自分の心に打ち込まれた楔《くさび》を抜かなくてはいけないのだ。

「妹を、助けたい」

「え？」

「あ、いや……違う。そうじゃない」

つい自分の思索に耽《ふけ》ってしまったせいで、つい、口を滑らせてしまった。

しかし、ヴァレリーは容赦なく追及してくる。

「人助けですか？」

「そんな大層なものじゃない。貸しを作りたいだけだ」

自分のために何の罪もないジルを蹴落としたルネに、そんな資格があるはずはない。

「誰に？」

「おれみたいな境遇の連中だよ。パリにはたくさんいるだろ」

目の前で腕組みをするヴァレリーは、眉を顰《ひそ》めたままだった。

「アルノー家は、毎年、教会にかなりの額の献金をしています。今更、慈善事業が必要とは思えません」

いわゆるノーブレス・オブリージュの概念だ。アルノー家は貴族ではないが、身分の高いものは社会的な貢献をすべきだという考えには異論はないようだった。

「必要とか必要ないとかじゃなくて……」

「貧乏人を救うために、我々は事業を営んでいるわけではありません」

ぴしゃっと冷たい声が飛び、ルネは珍しく怯んだ。

だめだ。上手く言葉にならない。

「おれは……」

声が途切れた。

それを口にすれば、きっとヴァレリーに弱みを握られてしまう。けれども、言わなければ自分の思いをわかってもらえない気がした。

自分のことを、少しでいいからヴァレリーには理解してほしい。

なぜかはわからないけれど、そんな思いが迫《せ》り上がってきたのだ。

「おれは家族がいない。妹と一緒に捨てられてた棄《す》て児《ご》で、引き取ってくれた養親も死んだ」

こんな風に半生を語るつもりはなかった。

だけど、祭りのあとの奇妙な狂騒が、ルネを饒舌《じょうぜつ》にしていた。

「貧乏人は、笑えるくらいに呆気《あっけ》なく死ぬんだ。ろくなものも食えないし、寝床だってない。医者にかかれるのは死ぬ直前だ」

ヴァレリーは何も言わなかった。

「この家やジャン・ポールの家みたいに、平民からのし上がれる人はいるけど、それは一握りだろ。おれは……そんなの嫌だ」

わかっているんだ。馬鹿げたことを口にしていることくらい。

もしかしたら、ルネは埋め合わせをしたいだけではないのか。

家族のすべてを残して自分一人がのうのうと生き延びているのに、耐えられない。

だからきっと、この胸の痛みを忘れられないのだ。

それを忘れるためには自分のことだけを考えていてはいけないのではないか。

今、ヴァレリーと話していて、突然、そう思いついたのだ。

「わかりました」

俯《うつむ》いたままのルネを見下ろし、ヴァレリーがそう言った。

「え⁉」

弾かれたように顔を上げたルネに対し、ヴァレリーが一度ゆっくりと瞬きをした。

けれども、その昏《くら》い色合いの目には何の感慨もない。

「まずは何をしたいのか、提案していただきましょう」

「うん」

「でも、それは今日ではありません。寝るならご自分のベッドでどうぞ」

「冷たいんだな」

「あなたの心がけがどれほど立派なものであろうと、その行いがジル様の犠牲のうえにあることをお忘れなく」

釘を刺したヴァレリーは「さあ、お帰りください」とだけ告げる。

立ち上がったルネは自分の衣服を拾い上げ、緩慢な仕種《しぐさ》で身につける。

「……おやすみ、ヴァレリー」

「おやすみなさい」

彼の部屋を出たルネは、ドアに寄りかかって息を吐き出した。

最後の言葉は、まるで苦い棘《とげ》だ。

「あんたも共犯だろ……」

呟いた自分の言葉がヴァレリーに届かないことは、よくわかっている。ヴァレリーはそのことを自覚しているし、否定もしない。

だけどそこには、何か大事なものが足りないのだ。

それがなぜか、ひどくもどかしかった。

6

「あふ……」

欠伸《あくび》を嚙《か》み殺したルネの目許《めもと》には、涙が滲《にじ》む。

夏の陽射《ひざ》しが図書室の中にまで入り込んでいる。

今日は用事があってヴァレリーが遅くなると聞いているので、少し時間を潰《つぶ》さなくてはいけなかった。相手はルネなのだから一人で帰れるのに、いつまで経《た》ってもあの男は過保護なままだ。

頬杖《ほおづえ》を突いていたルネは、自分の正面に誰かが立った気がして顔を上げる。

「何してるの、ジル」

「トマス」

ルネははにかんだ笑みを浮かべ、もじもじと手を握り締めている。ルネが学校に通うことになってから、彼とはこうしてしょっちゅう話をする仲になっていた。

「今度、アルノー家で寄付する孤児院はどこがいいかなって考えていて」

「孤児院？　寄付のもらい手なんて、どこにだっているよ」

トマスはおかしげに笑う。

「それよりさ、曲芸を見にいかないか？　今、テントが来ているんだ」

「ごめんなさい、それはヴァレリーが……」

嘘だったが、トマスとつき合うのは面倒だった。

「ジルのところはつくづく過保護だなあ」

トマスは首を横に振り、それでも得心が行った様子で頷《うなず》く。それだけヴァレリーの過保護ぶりは知られているようだった。

「でも、それだけ大事にしてるってことだよな」

「そうかな」

「そうだよ、執事なんて忙しいのにつきっきりじゃないか」

「……まあね」

それだけ大切なジルを、ヴァレリーはどうして手放してしまったのだろうかと考えたことは何度もある。

ルネもさほど情が厚いほうではないが、それにしたってヴァレリーの割り切りぶりは異常に思われた。

おそらく、ヴァレリーは他人に興味などないのだ。

彼はアルノー家を存続させることに血道を上げている。だからこそ、ルネがアルノー家の当主に相応《ふさわ》しいのではないかと思ったときに、すぐさま乗り換えたのだ。

そんな冷たい男に対し、ルネは逆に関心を抱《いだ》いている。恥ずかしいくらいに、あの男に興味を持っているのだ。

彼が一番嫌がる蓮《はす》っ葉《ぱ》な口調、下町っぽい態度でヴァレリーに相対し、その心をいつもぐちゃぐちゃに掻《か》き乱したいと思っている理由。

それって、要するに、自分のほうを振り向かせたいからだ。

そう気づくと、頬《ほお》が炙《あぶ》られたように熱くなってきた。

「ジル？」

「あ、ごめん、何？」

「まだ何も言っていないよ。上の空だな」

「そう、かもしれない」

気づくといつもヴァレリーのことを考えている。

ヴァレリーが何を考えているのか知りたくて、そのせいで。

「それにしても、君、変わったね」

「え」

「前は取っつきにくかったのに、今はこうして話しかけても応えてくれるだろう？　何だか嬉しくて」

「前も言ったよね。ちょっと病気をしたら、改心しちゃったんだ」

「いいよ、それ。嬉《うれ》しいんだ」

トマスは微《かす》かに頬を染め、ルネを真《ま》っ直《す》ぐに見つめている。

だけど、これくらいではルネの気持ちは動かない。

トマスがルネと友達になりたいのはわかっているが、それは自分がジルと名乗っているせいだ。ルネの本質を知っているわけではなかった。

ルネのずるさも何もかも込みで自分を知っているのは、ヴァレリーくらいのものだった。

「やりたいことができたから」

「どんな？　まさか兵隊になるとかじゃないだろ？　僕はちょっと憧れるけど」

「兵隊か……それは御免だな」

兵隊になんてなったら、ひ弱なトマスは即死亡してしまうだろう。

思わず笑ってしまったルネに、トマスは真っ赤になって「そうだよな」と同意を示した。

「そういえば、君、あの子はどうなった？」

「え？」

唐突に話を振られて、ルネは首を傾《かし》げる。

「ほら。前に僕が、時計店で見かけた君そっくりな子の話をしただろう」

「！」

ルネはびくっと身を震わせた。

「あ、うん……それが？」

「捜してるって言ってたけど、見つかった？」

なるほど、トマスか。

彼のおかげで、ジルはルネを見出《みいだ》したのだ。

パリに住む、十万の群衆の中から。

「見つからなかったよ。パリにどれだけの人間が住んでると思う？」

「そうだよね、ごめん」

トマスは小さく肩を竦めた。

おそらく、トマスは普段からジルをよく見ていたのだ。それでもルネとジルの入れ替わりに気づいていないのだから、彼は表面上でしかジルを判断していなかったことになる。

本当にジルは孤独だったのだ。

ルネは瞬《まばた》きをしてから、その思考を追いやった。

「でも、もうすぐ夏期休暇だろ。その前に君と仲良くなれてよかったよ」

「うん、そうだね」

夏になれば、学校へ行かなくなる。そうすればヴァレリーと一日一緒にいられるし、彼からもっとたくさんのことを学べるはずだとルネは期待に胸を膨らませた。

「ヴァレリー、ちょっとこれを見てくれる？」

食後に地下の部屋にジルが数枚の紙を持っていくと、自室にいたヴァレリーはさも大儀そうに視線を上向けた。

「何ですか、このような時間に」

「このような時間しか、あんたは暇じゃないだろ」

最初はヴァレリーの部屋に入るとひどく嫌がられたが、この頃ではもう諦《あきら》めているらしい。

彼は食事を終えたところのようで、テーブルの上にはカトラリーや皿が載っている。

赤ワインが少しグラスに残り、まるで血のように煌《きら》めいていた。

「今日の仕事はもう終わったのですが」

そうは言いつつも、ヴァレリーの服装は折り目正しく完璧だ。いつルネやマリーが呼んでもいいようにという配慮で、そうしたところがヴァレリーの真面目《まじめ》さを反映していた。

「だって、勉強時間中には話を聞いてくれないだろう」

ヴァレリーによる厳しい講義は未《いま》だに続いていたので、家に帰ってから夕食までの長い時間は殆《ほとん》どが勉学に費やされていた。

「何ですか？」

「読めばわかるけど、慈善事業っていうか……寄付っていうか……とにかく、それを読んでよ」

「まだ諦めていなかったのですか」

ヴァレリーは微《かす》かに眉根を寄せ、出した書類には目もくれずにルネを凝視した。

「そりゃ、いくらなんでも言い負かされたままで終わりなんてみっともない」

「ならば、今回思いついたのはどんなことですか？」

こほんとルネは咳払《せきばら》いをし、わざとらしく言葉遣いを最上級の丁寧なものにした。

「では、説明させていただきます」

「どうぞ」

「この先は、ブルジョワジーと庶民の対立する世の中になるはずです。だから、慈善事業に力を入れて、アルノー家は庶民の味方と思わせておくのも得策です」

「それで？」

「ただ金を渡すだけじゃ、渡されたほうの感謝の気持ちも一時的なものでしょう。だから、株を渡すのはどうかと」

「株式ですか？」

ヴァレリーが興味を示したらしく、ルネの言葉を捉《とら》えた。

「はい！　配当を毎年受け取れるようになればいいと思うんです。定期的に金が入れば、あちらは嫌でもうちのことを覚えてるし、それなりに印象も良くなります。というのが、今日の本題です」

「――なるほど、興味深い方法です」

考えた末に、漸《よう》やくヴァレリーが同意してくれた。

「本当⁉」

途端にルネのしゃちほこばった丁寧な言葉遣いが崩れてしまう。

「ええ。可能性として検討しましょう」

微かに笑んだヴァレリーがルネの作った書類を取り、それをぱらぱらと捲《めく》った。

「ただし、彼らに譲渡できるように株式を増やすのは容易ではありません。株主の賛成も必要です」

「………………」

つまりこの計画は改善の余地が多すぎるようだと、ルネは肩を落とした。

「ですが、検討の余地はあります」

「本当？」

つい嬉しげに顔を上げると、ヴァレリーは生真面目《きまじめ》な顔つきで「ええ」と相槌《あいづち》を打った。

「じゃあ、ご褒美をくれよ」

「言葉遣いがなってませんね」

調子に乗ったところで今度はぴしゃりと注意されて、ルネは小さく舌を出す。

「ご褒美をください」

「そういうことです。ですが、まだあなたは何もしていないのですから、ご褒美には値しませんよ」

「厳しい執事だな」

「ええ。あなたのなすべきことをしなくては」

頷いたヴァレリーは一瞬何かを言いたげな表情になったものの、すぐにいつもの顔に戻っていた。

どうせこんなものはただの自己満足だと、ヴァレリーは言いたいのだろう。

それはわかっていた。

けれども、誰だってまずは生き延びることから始まる。

生きて、自由を摑《つか》むことから、すべては始まるのだ。

パリの街はナポレオン三世の命令で、知事のオスマンの計画のもとで整備され、それまでとはまったく違う街に生まれ変わった。

おかげで昔よりはずっと過ごしやすく美しい街並みになっているという。広場に設置された噴水は水がさらさらと流れ、こう天気がよくて蒸し暑い日には足でも突っ込んだら気持ちがよさそうだ。

自分がジル・アルノーでなければいつでもそうするのだが、今のルネにはそれは許されない。

絹のシャツ、麻のベスト、ジャケット、帽子。靴下も絹で、手袋もそうだ。どれもが躰《からだ》にぴったりとした高級品だが、逆に、暑いことこのうえない。

懐中時計で時間を確かめたヴァレリーは、冷ややかな顔つきで、「時間に間に合いそうですね」と呟《つぶや》いた。

「ごめんなさい、学校が長引いて」

ルネが下手《したて》に出たのは、今日は完全に自分自身のための用事だからだ。

「いいのですよ、一度着替えなくてはいけませんでしたから」

不満はあるだろうに、ヴァレリーはつゆほど表には出さずにそう言う。馬車からルネが降りるのを手伝うと、彼は「こちらです」と門を示した。

「うん」

正直を言えば、この教会はあまり望ましい選択ではなかった。

ルネがかつて住んでいた奇跡小路《きせきこうじ》に近すぎ、何度も来たことがあるからだ。

だが、ヴァレリーが選んだ以上は嫌だとも言えずについてくる羽目になった。

寄付する先はヴァレリーに一任するというのが、彼の出した条件だったからだ。実際、ルネはルネで学業もあったし、寄付先の選定まではとても手が回らなかった。

その結果示されたのが、この聖母マリア教会だ。

「これは、ジル様」

ゆったりとした足取りで近寄ってきた白髪《しらが》の司祭は、にこにこ笑いながらルネとヴァレリーを迎え入れた。

神に仕える連中は、大きく分けて二種類いる。

本気で神を信じているやつと、そうでなくて、神の名前のもとに集まってくる富を信じているやつと。

この司祭は前者で、善良な部類に入る。

それだけに、ルネの正体に気づいたら、持ち前の正義感で告発でもされかねない。

「はじめまして」

最初は当たり障りない話をしていたが、司祭はいきなりまじまじとルネを凝視し始めた。

「おや？」

訝《いぶか》しげな様子に、ルネはどきっとしてしまう。

「どうしましたか、司祭様」

精一杯の笑みを浮かべたルネが尋ねると、司祭は困ったように首を傾《かし》げた。

「あなたが私の教会の信徒に似ているように思われるものですから」

「あなたの？」

「ええ。最近は顔を見せませんが、時折ふらっとミサのときに遊びにきてくれました。そういえばどうしたんでしょう……病気でもしたのか」

——まずい。

度胸には自信があるつもりだったが、司祭はここ五、六年のルネを知っている。

ずばりと核心を突いた質問をされたときに、言い逃れる自信がない。

司祭は学のある人物だ。ここで適当なことを言えば、不審を抱《いだ》かれるのは目に見えていた。

どうしようかとちらりとヴァレリーを見やると、彼は薄い笑みを浮かべてルネを眺めている。

試されているのだ、と直感した。

ヴァレリーは手助けをするつもりは毛頭なく、わかっていてここを選んだに違いない。

そのうえで、自分の手で切り抜けてみせろと言外に示している。

なんて腹立たしいやつなのだろう。

ルネとしては彼を共犯にしたつもりだったのに、まだまだその強い絆《きずな》を築くにはほど遠いというわけか。

だが、それくらいのほうがやり甲斐《がい》がある。

「似ていますね。ルネという名前に覚えは？　姓は存じ上げないのですが」

「ありふれた名前ですが、知りません。でも、僕がこの教会に寄付をしようと引き寄せられたのは、その方の信仰心に惹《ひ》かれたのかもしれません」

「ああ、そうですね……すべてが神のはからいであるならば納得がいきます」

司祭は大きく首を縦に振り、ルネの手をぎゅっと握った。

「ありがとうございます、ジル様。いただいたご寄付は、きっと、貧しい民《たみ》の救済のために使います」

「どうということはありません。また様子を見に伺います」

「ええ、ぜひ」

深い皺《しわ》を刻んだ老司祭の顔を見ながら、ルネは気づかれぬように息を吐き出した。

暑さのせいもあるのだが、背中に汗をびっしょりと掻《か》いている。

まさに冷や汗だった。

「こちらへ」

司祭の先導で、ルネは教会の重々しい扉を潜《くぐ》って外に出た。

溢《あふ》れんばかりの夏の陽射しが、かっと照りつけている。

「ありがとうございます、ジル様。たくさんのご寄付、感謝しております」

深々と頭を下げて重ねて告げる司祭に挨拶をし、ルネは「どういたしまして」と答える。

「こちらこそ、受け取っていただけて嬉しいです。司祭様、皆の暮らしに役立ててください」

「あなたに神のご加護を」

ほっと安堵《あんど》したルネが階段を下りようとした、そのときだ。

「あっ」

「！」

足が滑り、ルネは呆気《あっけ》なく均衡を失った。咄嗟《とっさ》に手近のものを何か摑《つか》もうとしたが、届く範囲にはなにもなく、あえなく後ろ向きに倒れかかる。

その躰を、ヴァレリーがさっと抱き留めた。

「気をつけてください」

「ありがとう、ヴァレリー」

気をつけて、か。

最後の最後まで立ち居振る舞いに気をつけて——ということだろう。

本当に気の抜けない男だとルネは苦笑し、そして、少しばかり淋《さび》しくなった。

自分はヴァレリーに何かを期待しているのだろうか。

いったい、何を？

家のことしか考えていない、この男に。

そう考えると惨《みじ》めになり、ルネはどうしようもない寂寥感《せきりょうかん》に襲われた。

ヴァレリーがジルに就寝時の挨拶をするようになったのは、彼が五歳の頃からだと記憶している。

乳母から引き離されて一人で眠るようになったジルは、ぐずってなかなか寝つかなかった。

それで、ヴァレリーが様子を見るのを兼ねて部屋を覗《のぞ》くようになったのだ。

当時は父が多忙だったため、この家に住み込んで通学していたヴァレリーが、ジルの面倒を見ていたからだ。

その習慣はいつしか定着し、こうしてジルがルネと入れ替わってもなお続いている。

考えてみれば、それだけ長くジルと接しながら愛着を持てなかった自分は、やはりおかしいのかもしれなかった。

「おやすみなさいませ」

寝間着に着替えたルネは、既《すで》に自堕落な格好でベッドに横たわっていた。

こういう格好をヴァレリーが嫌うと知っていてわざとするのだから、ルネは奔放《ほんぽう》で手に負えない人物だと実感させられる。

「待って、ヴァレリー」

肘《ひじ》を突いたルネは、上目遣いにヴァレリーを見上げた。

「何でしょうか」

だいたい用件はわかっていたものの、ヴァレリーは一応は聞いてみる。

「わかってるくせに、逃げるつもり？」

逃げるとは強すぎる言葉で、心外だった。

「何が」

「ご褒美をくれるんだろ？」

「ああ、その件でしたか。どうしてほしいんです？」

面倒になってヴァレリーがつい直截《ちょくせつ》に問うと、ルネの目が煌めいた気がした。

「たまにはおれのことを愉しませてよ」

「…………」

ヴァレリーは片眼鏡《モノクル》越しにルネを眺め、「仕方ありませんね」と肩を竦《すく》めた。

「約束は約束ですから」

彼はそう言って、ルネを組み敷く。

「あんたが乗り気なの、珍しいな」

「乗り気なわけじゃありません」

この態度のどこからそんな感情を読み取れるのか、聞いてみたかった。むっとしたヴァレリーがルネを見下ろすと、彼はにやりと笑った。

……からかわれたのだ。

「じゃあ、なに？」

「さっさと終わらせたいんです」

露出をぎりぎりまで抑えた姿態も、誘うように唇を舐める様も、いずれも面倒でならない。そんな記号的な要素でヴァレリーがそそられると思っているのだろうか。

ルネにはルネの、どうしようもなく抗《あらが》いがたい魅力があるというのに。

ルネは舌打ちをし、上目遣いにヴァレリーを睨《にら》んだ。

「食事でもするみたいだな。義務なわけ？」

「ええ」

寝間着を剝《は》ぎ取られたルネは、反射的に息を詰めた。

「もう昂《たかぶ》っていたのですか」

「おれだって昂奮《こうふん》くらいする……」

「義務であなたを抱く男を相手に？」

軽く言葉で虐《いじ》めてやると、ルネは悔しげに一度眉根を寄せ、「うるさい」と悪態をついた。

「あなたの性癖を把握するのも、執事の務めです」

「口にしなくていいだろ」

「忘れないように暗誦《あんしょう》しています」

「あんた、性格悪いよね」

「いいと申し上げたことはありません」

ルネの特長はいろいろあったが、その一つは——彼が荒々しく扱われると昂奮するらしいことだった。

荒々しくというのは、少し違うか。

暴力の対象にされるという意味ではなく、もっと、ものとして扱われるのに昂るようだった。

プライドが高く、ぞんざいに扱われるのが嫌いなくせに、いや、だからこそそうされると悦《よろこ》んでしまうのかもしれない。

それは彼の持ち合わせた被虐的な要素の一つだった。

「とにかく！　仕事が一つ、無事に済んだ。あんたにおれを認めてもらえる」

「まだ認めていませんよ」

ヴァレリーは囁《ささや》き、ルネの性器を右手で握り込んだ。手を軽く扱《しご》くように動かすと、「あ、あ」と彼の唇から絶え入るような声が漏《も》れた。

記号的な誘惑よりも、こちらのほうがよほどいい。肉感的で、扇情的で、とにかくひどくそそられる。

「人に触られるのが好きなんですか？」

「誰だって、自分でするより人膚《ひとはだ》がいいと思うぜ」

ルネは囁き、ヴァレリーの首に顔を埋《うず》めて匂いを嗅《か》ぐ。

まだこちらは汗さえ掻《か》いていない。

それに気づいたのか、失望の色が彼の目に過《よ》ぎる。

「ずるいな。早く夢中になっちまえよ」

耳朶《じだ》を軽く嚙《か》まれ、それが信号になってヴァレリーの躰を駆け抜ける。

ずるいのはルネのほうだ。

駆け引きでヴァレリーを酔わせようとしている。

実際、その企《たくら》みは殆《ほとん》ど成功しかけていた。

「こちらの台詞《せりふ》ですよ。面倒はさっさと終わらせるに限る」

「おれとするの、そんなに面倒なわけ？」

むっとしたように、ルネが声に不機嫌さを混ぜてくる。

「汗臭いのは嫌いなんですよ」

「ふうん……あっ！　よせ、そこ……」

はち切れそうなほどに膨らんだものを撫《な》で、さするだけではつまらないだろう。ヴァレリーは指を舐めて湿らせてから、細い隙間《すきま》にそれを差し入れた。

「アッ」

甲高《かんだか》い声でルネが喘《あえ》ぎ、躰をぴくんと仰《の》け反らせた。

こういう意地悪な、彼には主導権の握れないやり口をするとルネは殊更《ことさら》感じるのだ。

短くルネは何度も喘ぎ、絶え入りそうな声を零《こぼ》す。

「やめますか？」

はち切れそうになった性器をぴんと指で弾《はじ》いてやると、ルネはひくひくと全身を震わせて快楽に耐《た》えているようだった。

「どうなんです？　やめてもいいんですよ？」

「ひ、ぅ、う……あ、い、意地悪だな、あんた……ッ」

それが射精したときのルネの言葉で、毒づきながら精を迸《ほとばし》らせるのは初めて目にしたと、ヴァレリーはおかしくなった。

「早いですね、今日は」

「ふ…」

睫毛《まつげ》を震わせて快楽の余韻を味わっていたルネは、やがて半ば焦点の合わない目でヴァレリーを見上げる。

「さあ、気が済みましたか？」

「……ま…さか。今度はあんたにご褒美だ」

気を取り直した様子でルネは身を起こし、広い寝台に腰を下ろしたヴァレリーに詰め寄った。

「私に？」

呼吸を整えたルネは、掠《かす》れた声で告げた。

「おれにつき合ってくれただろ？」

ルネは裸のままヴァレリーに跨《また》がると、ズボンのボタンを外していく。

こうなると、もうルネは納得しないだろう。

「私は、そのつもりはありませんでしたが」

「人の尻に指まで突っ込んでおいて、それはないだろ？」

「あなたがそこで感じるからですよ」

「へえ、おれを感じさせる義理はあるってわけ」

からかうようなルネの声を聞いて、ヴァレリーがため息をついた。

「それならどうしたいんです？」

「あんたを食わせろよ、ヴァレリー」

舌舐めずりをしたルネは、ヴァレリーのものを摑んだ。

こうなると、諦念《ていねん》しかない。

「では、どうぞ」

ヴァレリーはルネを見やり、微かに笑んだ。


「挿《い》れるぜ……？」

「どうぞ、お好きに」

余裕綽々《よゆうしゃくしゃく》なヴァレリーを前にし、ルネは彼の雄蕊《ゆうずい》に手を添え、少しずつ呑《の》み込んでいく。

「あ、あっ……あー……ッ」

ごりごりという感触とともに、それが腹の内に沈み込んでいく。

「アッ……は……」

「苦しそうなのに、どうして、したがるんです？」

「ひ、あ…熱い…っ…」

会話にはなっていなかった。

理解する気なんて、つゆほどもなかった。今はただ、ヴァレリーの与える熱に酔いたかったせいだ。

ヴァレリーは執事として上着を乱すこともなく、ルネの中に自分の楔《くさび》を淡々と打ち込んでいる。

作業のように肉にされるのが、たまらなかった。

「何が」

「おれの中にいるあんたは、普段のその……」

取り澄ました顔とはまったく別の、生身で熱い男の肉体と触れ合っていると実感する。

「あんたを熱くしてるの、おれだろ」

「というよりも、あなたの肉だ」

「それでいいんだよ」

だって。

この男が自分で感じているのだと思うと、胸が疼《うず》いてたまらない。

「あ、はい、った……最後、まで……」

「ええ。お好きにどうぞ」

「あんっ！　あ、い、いい……っ」

しまった。これじゃ、感じすぎだ。

ヴァレリーに抱かれているのだと実感したせいで、それだけで快《よ》くなってしまいそうな自分がいて、ルネは荒い息を吐きながら男の上で腰をくねらせた。

制御できない。ものすごく、よくなってきていて。

「ふ、あ、あっ……あんっ……うく、ぅ…」

一度でいい。

彼の唇にキスしてみたい。

そんな熱い感情が生まれ、ルネはたじろいだ。

ヴァレリーの呼吸も乱れ、熱いのだろうか。

思わず身を屈《かが》めたルネが唇を寄せようとすると、ヴァレリーがそっと右手を挟むことで阻《はば》んだ。

「どういうつもりですか？」

「あ、あんたの息が、熱いのかと」

「冷たいと思いますか」

反語表現で答えると、ルネが苦笑する。

「まだ余裕があるようですね。それでご褒美になるんですか？」

「だめ……まだ、足りない……」

つい相手を挑発するようなことを口にしてしまったが、それはひとえに物足りなかったからにほかならない。

「では、こうしますか？」

ぐんと真下から振動を送り込まれて、ルネはびくびくっと躰を震わせた。

ヴァレリーが動く度《たび》に、躰がひくひくと震えてしまう。

躰の中の敏感な部分、それをヴァレリーが擦《こす》って、刺激してくるから——いや、自分でそうしているのかもしれないけれど、もうわからない……。

「あ、あ、ヴァレリー、おっきい……」

「満足ですか、この程度で」

「ん、ううん、ほしい、でも……あ、あっ……待って」

「下からしますよ、ほら」

だめだ、そんなふうに突き上げられると耐えられない。

「ひ、ぅう…ッ…」

ため息交じりに喘ぎを零すルネは、とうとう達してしまう。

そのまま躰に力を入れられなくなり、ヴァレリーの膝の上でぴんと背中を反らせて背後に倒れ込んだ。

できることなら、中で出してほしい。でも、そんなことをねだっていいのだろうか。

「まだ出していませんが」

身を起こしたヴァレリーが冷徹な声で言ったので、ぴくぴくと震えながらルネは口を開いた。

「出して……」

「どこに?」

ヴァレリーらしからぬ問いに、ルネは目を瞠《みは》る。
欲しいところは、決まっている。
中、という甘いねだり声を聞いて、ヴァレリーは初めてルネの中に精液を放った。

7

箱型四輪馬車《クーペ》が所定の場所に停《と》まった途端、ルネはヴァレリーを待たずに率先して石畳の道に飛び降りた。

それを目撃する羽目になったヴァレリーは、呆《あき》れ顔になる。

「はしゃぎすぎですよ」

「だって、買い物なんて久しぶりだから」

いや、以前は買い物なんてできなかった。

ウインドウ越しに品物を見るばかりで、それも、ほかの金持ちの客の邪魔だからと追い払われて。百貨店ならばほぼ誰でも入れるものの、それでも気後れしてだめだったのだ。

「たかだか百貨店でしょう」

「でも、楽しみだ」

夕刻のパリの街を、多くの人々が行き交っている。どこに誰の目があるかはわからないのだし、必要以上にここで目立ってはいけないと、ルネはわずかに居住まいを正した。

上流階級の連中に見つかるのも、かといって、ルネの知り合いに会うのも、どちらも御免だった。

「マリー様のお言いつけですから、羽目を外しませんよう」

「わかってる」

本当だったら、大好きなパノラマ街を散策したい。行きたいところはたくさんあって限りないのだが、そんなところへ行けばジュスタンをはじめ、一座の知り合いに見つかってしまいそうだ。いくらルネでも、ジュスタンのように観察力のある男を騙《だま》し通せるとは思えない。少しでも可能性があるところへは行かないほうが得策と言えた。

帽子を直したルネは、ヴァレリーの後ろをついて歩いていく。

今でこそ立派な身なりで洒落《しゃれ》た帽子を被《かぶ》っているが、かつてはそこかしこに座っている物《もの》乞《ご》いのように惨《みじ》めな暮らしを強《し》いられていたのだ。

「それで、おばあさまの御所望は？」

「割ってしまったガラスの置物の代わりになるもの、ですね」

「抽象的だなあ」

安っぽいセルロイド製の玩具《おもちゃ》を買っていくわけにもいかないし、慎重な品定めが必要になりそうだ。

百貨店に足を踏み入れようとしたルネは、歩道に腰を下ろした少女に目を留めた。奇跡小路《きせきこうじ》に住んでいるような、垢《あか》じみて薄汚れた格好だ。彼女が自分の前に置いた皿に何か入れてやろうと思ったが、ルネの自由になる小銭はない。

そう思ったとき、百貨店から出てきた若い男が、彼女の皿に硬貨を一枚投げ入れた。

「ありがとうございます！」

少女が礼を言うが、コインは皿の縁に弾《はじ》かれてころりと転がってしまう。

男はそれを無視し、早足で歩いていく。

「あっ」

慌てて立ち上がった彼女が、己《おのれ》の稼ぎであるコインを追って駆けだしたそのときだ。

ちょうど角を曲がってきた馬車が、道路に蹲《うずくま》る少女に向けて突っ込んできたのだ。

凄《すさ》まじい音。

派手な白と金色の馬車は覚えがあったものの、咄嗟《とっさ》のことに誰のものかまでは思い出せなかった。

「！」

通行人の悲鳴が上がり、漸《ようや》く、人々は我に返ったように動きだした。

四輪の馬車は停止したが、なぜか御者《ぎょしゃ》は降りもせず、中に乗った男性も同様だった。

はね飛ばされた少女は、真っ先に駆け寄った若い女性が様子を見ているようだ。

馬車に乗ったままの御者は、少女を一瞥《いちべつ》する。

馬車の窓が突如として開き、中にいた人物がすっと手を伸ばす。手袋をしたその手が、数枚の紙幣をそこに撒《ま》いた。

「行ってくれ」

中に乗った男の声がやけに鮮明に聞こえた気がして、ルネはいても立ってもいられなくなった。

「待てよ!」

気づくとルネは、馬車の前に飛び出していた。そのまま脇《わき》に回り、中に鎮座する男に向かって食ってかかる。

ヴァレリーが手を伸ばして自分を止めようとした気がするが、それをぱしっと振り払う。

「逃げる気か⁉　あの子を病院に連れていくのが筋だろ!　さっさとしろ!」

唾《つば》を飛ばしたルネは、御者に詰め寄る。帽子は吹き飛び、手袋をしたまま相手を締め上げた。

「……ジル?」

探るような声が、馬車の中から降ってきた。

御者から手を離して慌てて脇に回り込むと、車中から顔を覗《のぞ》かせたのは、ジャン・ポールだった。

「あ……」

「驚いたな、君はずいぶん下品な言葉遣いをするんだな」

そのおっとりとした口ぶりが、よけいに、ルネの神経を逆撫《さかな》でした。

「そんなのはどうでもいい！　病院に連れてけよ！」

「急いでいるんだ。それは誰かに任せるよ」

「急ぎなら馬車がいいだろ。あの子の命が懸かってるんだ」

やれやれ、と言いたげにジャン・ポールは大仰《おおぎょう》にため息をついて見せた。

「今日はこれから、我が家では舞踏会でね」

「……ああ」

そういえば招待状が来ていたが、ルネは面倒だからきっぱり断ってもらっていた。

「君は生憎《あいにく》来られないそうだけど、準備のためにずいぶん時間がかかった。盛大なものになるだろう。僕のこの衣装も……」

「くだらないな」

ルネは吐き捨て、炯々《けいけい》と光る目で男を睨《にら》んだ。

「あんたの家のくだらない舞踏会のために、一人の命を犠牲にするのか。本当にくだらない！」

ルネはそう言い放つと踵《きびす》を返し、ヴァレリーに「彼女を馬車に」と命じる。

「……いいえ」

撥《は》ねられた少女を抱いていた女たちからは、なぜだか啜《すす》り声が漏《も》れている。躊躇《ためら》いなく少女の傍らに跪《ひざまず》いたヴァレリーは、すぐさま首を横に振った。

「もう間に合いません」

「…………」

倒れている彼女に近づいたルネは、その頭から血だまりが広がっているのに気づいた。

——ああ。

どうして今頃思い出したんだろう。

エミリーの顔。

あの子が真っ当に成長していたら、きっとこんな感じだ。

そばかすも、金髪も、蒼《あお》い目も。

そう考えると、胸が締めつけられるように痛くなった。


買い物からの帰宅の車中で、ヴァレリーは何も言わなかった。

なにが百貨店だ。あんなところに行かなければ、何も見なくて済んだのに。

出かけたときのうきうきした気持ちとは正反対に、ルネはすっかり落ち込んでいた。

死体はこれまでにいくらでも見てきたが、幼子《おさなご》のそれにはやりきれないものがある。

ルネは買ってきたガラスの置物を祖母に渡すと、食欲がないからと断ってさっさと寝室に引っ込む。

学校の予習をしようかと持て余していたところで、ドアをノックされた。

「……はい」

「私です」

「珍しいな、ドアをノックするなんて」

からかうようなルネの言葉を聞いて、ヴァレリーは「ご気分が悪いと伺いましたので」と慇懃《いんぎん》に告げた。

「怒ってるんだろ」

ルネは机に頬杖《ほおづえ》を突いたまま、ヴァレリーの顔も見ないで尋ねる。

「何を、ですか？」

「今日の失態だ。おれは、あんたのご主人様に相応《ふさわ》しくない真似をした」

それを聞いたヴァレリーは、考えるように口を開いた。

「どのあたりがですか」

「ジャン・ポールを罵倒《ばとう》した」

「そうですね。罵倒の台詞《せりふ》にはエスプリを一切感じませんでした。もっと気の利いた皮肉のほうが、ああいう輩《やから》には刺さる」

ヴァレリーはしれっと言い切る。

「……おれはあいつに喧嘩《けんか》を売ったんだ。アルノー家にとって大事な取引先なんだろ?」

「ええ。そのあたりは対処が必要になるでしょう」

「おれも、あんたの主人はもう無理だろ?」

冗談めかしたルネの言葉に、ヴァレリーは腕組みをしたまま聞いた。

「どうしてあんなに怒ったんです?」

「……そりゃ、誰だって怒るだろ」

「尋常ではなかった」

心の中を抉《えぐ》るような物言いに、ルネは苦笑することもできずに、自分の上掛けをぎゅっと握る。

思い出す――エミリーの細い手。指。

「おれは棄《す》て児《ご》だって言ったろ。パリには孤児も棄て児も、掃《は》いて捨てるほどいる。それはみんな、おれの兄弟みたいなものだ」

ヴァレリーは沈黙を貫き、ルネに先の言葉を促《うなが》している。

「あれは全部おれだ。惨《みじ》めに殺されたのは、おれであって、おれの家族で、妹なんだ。でも、誰だって惨めに死んでいいはずがない」

掠《かす》れた声で訴えるルネに、ヴァレリーが「なるほど」と密やかに相槌《あいづち》を打った。

「あなたのおっしゃることはよくわかりました」

本当だろうか。じつに疑わしいものだった。

「それで、おれをどうするんだ？」

「激昂《げっこう》したことはかなりの汚点ですが、仕方がない。子供を一人轢《ひ》き殺しておきながら何の痛痒《つうよう》も感じないような人物には、私は仕えることはできません」

「――ジルはどうなわけ」

意地悪な質問だった。

「ジル様なら、何も言わずに泣いてしまうでしょう。暫《しばら》くは落ち込んで、何も喉《のど》を通らないかもしれません。でも、それだけです」

「それだけ？」

「パリには何万という貧民がいる。その一人一人に施すことは到底不可能だからです」

「それくらい、おれもわかってる」

「わかってるくせに、夢を見ている」

ヴァレリーは呟《つぶや》いた。

「夢？」

「ある意味では、あなたのほうが純粋という意味です」

答えることもあたわずに、ルネは唇を閉ざす。

「だからあなたは、ほかの人にも夢を見せることができるかもしれません」

「かもしれないって、曖昧《あいまい》な話だな」

「ええ、それこそ雲を摑《つか》むように」

ヴァレリーは薄く笑む。

「今日のところは、反省さえしておけば構いません。もっとエスプリの利いた嫌味の言い方を考えておいてください」

「わかった」

頷《うなず》くルネに踵を返し、ヴァレリーは「おやすみなさい」と言った。

なぜかその声が少しだけ優しい気がし、ルネは「おやすみ」と挨拶をした。

少しだけ、気持ちが軽くなっている。

おやすみの挨拶にはまだ早かったが、何となく、くすぐったい気分だった。


「ジル様、ずいぶん上達なさいましたね」

久しぶりにダンスのレッスンに現れたルネに対し、アントワーヌは感心したように唸《うな》った。

「完璧です。復習なさったんですか？」

「ううん、していないけど……覚えていてよかった」

正装に身を包んだルネが穏やかな微笑《ほほえ》みを浮かべると、アントワーヌは微《かす》かに頬《ほお》を染める。

「どうかしましたか？」

「いえ、とてもお綺麗《きれい》になられたので照れてしまって」

「やだな、恥ずかしいです」

さすがに頬を染める演技はできないけれど、面と向かって綺麗だと言われると恥ずかしくなり、ルネは苦笑した。

「ここまでダンスが上達したなら、僕としても晴れ舞台を目にしたいな」

「すみません、当分その予定はなくって」

ルネが困ってしまって申し訳なさそうな顔になると、アントワーヌは「え」と目を瞠《みは》った。

「いや、これは事前練習なんでしょう？」

「何の？」

「聞いてますよ。今度アルノー家で盛大な舞踏会をするそうじゃないですか。私も呼んでほしいものです」

「舞踏会？」

まるで覚えのない言葉に、ルネは首を傾《かし》げた。

そもそも、女当主のマリーはまったく社交には関心がないので、家でのパーティなんてここ数年は開いていないと聞いている。

そんな彼女が舞踏会を企画するわけもないし、ヴァレリーが無断で計画するのも立場上不可能だ。

「全然、知らないのですけれど……」

「あれ？　それじゃ、ジル様には内緒だったんでしょうか」

慌てたようにアントワーヌが目を丸くしたので、ルネは顎《あご》に手を当てて考え込んだ。

「先生はどなたに伺ったんですか？」

「僕はモロー家に伺ったときですよ」

「モロー……」

例のジャン・ポールの家だ。

「そこで素晴らしい舞踏会が開かれたのですが、ジル様はモロー家以上のものを開くと吹《ふい》聴《ちょう》していると。それで、社交界では噂になっているんですよ。アルノー家がいったい、どんな盛大な舞踏会を開くのかと」

「そんなの、嘘です」

「嘘？　でも、そんな嘘をつく理由なんてないでしょう」

アントワーヌが悪いわけではないので、彼を責めても無意味だった。

ルネはぐっと黙り込み、自分の手を握り締める。

ジャン・ポールが例の馬車での一件で恥を掻《か》かされたと思って、こんな妙な噂を立てたのだろう。

俄《にわか》に不機嫌になったところで、「アントワーヌ」という声が聞こえた。

「これはヴァレリー、ようこそ」

「ダンスのレッスンはいかがです？」

「もう教えることはありませんよ。基本から俗っぽいものまで、さすがにお宅の御曹司《おんぞうし》は覚えが早い」

「俗っぽいものは不要です」

「いやいや、これからはこう躰《からだ》を密着させるのが流行《はや》るんだ」

アントワーヌは言うなりルネの躰をぐっと引き寄せ、下半身をいきなり密着させた。

「ひゃっ⁉」

驚きのあまり、自分らしからぬうぶい反応をしてしまう。

それを見ていたヴァレリーが大きな咳払《せきばら》いをしたので、アントワーヌは「妬《や》くなよ」と片目を瞑《つぶ》ってみせた。

「誰が妬くと言うんです？」

「いや、おまえがさ」

アントワーヌの言葉を聞いたヴァレリーは、珍しいことにむっつりと黙り込んだ。それから顔を上げ、「帰りましょう」と言った。

「もうちょっといいだろ?」

「いえ、デモの連中がいるので渋滞しそうです」

「ああ、そうか」

デモの連中というのは、このところのプロイセンとの関係悪化を受け、彼《か》の国と開戦すべきだと息巻く人々のことだ。言われてみれば外から「ベルリンへ! ベルリンへ!」という奇妙な叫び声が聞こえており、その狂騒にルネはぞくっとした。

身を震わせたルネを睥睨《へいげい》したヴァレリーが、「帰りましょう」と再度促《うなが》したので、ルネは急いで彼のもとへ近寄った。

民衆の持つ気味の悪い熱が、ひどく怖く思えたからだ。

「じゃあ、ジル、舞踏会の件はよろしくお願いします」

「ヴァレリーに話しておきます」

ルネはそう言うと、ヴァレリーと二人で通りへ出る。

「わ……」

手にはランタンを持った人々が、「ベルリンへ! ベルリンへ!」と熱に浮かされたように叫びながら、皇帝のいる宮殿へ向けて練り歩いている。

その光景は一種不気味なものであり、ルネは小さく息を呑《の》んだ。

「こちらです」

「あ、うん」

はぐれないようにと思ったのか、ヴァレリーがするりと手を繋《つな》いでくる。

触れた手は、熱い。

普段ルネには殆《ほとん》ど触れないヴァレリーだから忘れかけていたけれど、そのぬくもりはとても心地よい。

漸《よう》やくアルノー家の家紋が入った馬車を見つけ、ヴァレリーの先導でそれに乗り込む。

座席に収まって暫《しばら》くすると喧噪《けんそう》が遠のいたので、そこで意を決してルネは口を開いた。

「さっきの舞踏会の話なんだけど」

「ジャン・ポールがあちこちのサロンで吹聴している一件ですね」

「知ってたの」

「私も先ほど、知りました」

横を見ると、ヴァレリーは苦虫を噛《か》み潰《つぶ》したようにむっつりとした顔になっている。

おそらく、ヴァレリーはそれを確かめるために外出し、そのついでにルネにダンスの復習をさせたのだろう。

相変わらず無駄のない、できる男ぶりだった。

「アルノー家ならば、モロー家よりも見事な舞踏会を開ける——そう喧伝《けんでん》し、失敗したところで嘲笑《あざわら》うつもりでしょう。まったく、器の小さい男だ。社交界はその噂で持ちきりです」

「そんなにジャン・ポールには人望があったっけ」

「人望の問題ではなく、人々がゴシップ好きなせいですよ」

ヴァレリーは切って捨てる。

「どうするの？」

「ほとぼりが冷めるまで静観するか、実際に舞踏会を開くか——そのどちらかです」

幸いダンスは今し方踊ってきたところだったので、取り立てて問題はないだろう。ルネだって、アルノー家を乗っ取るからにはそれくらいはやってみたい。

「だったら、舞踏会をやればいい」

「本気でおっしゃってるんですか？」

「そうだけど」

それを聞いたヴァレリーは、難しい顔になってこめかみのあたりに手を当てた。

「このご時世で本気の舞踏会を開けば、かなりの出費です」

「うん」

「それに、軽食を出すため一流シェフを雇ったとしても、国外に伝《つて》があり、気の利いたレシピを並べるモロー家には、どうしても劣る。そうでなくとも、舞踏会を開くには我が家は古びていて修繕が難しい」

ここに来るまでのあいだ、ヴァレリーなりに対処方法を考えていたらしい。

それが嬉《うれ》しくて、ルネは小さく笑った。

「何です？」

「いや、ちゃんと考えてくれてたんだなって」

「あちらはあなたに……失礼、当家に恥を掻かせようとしています。回避しなくては、信用問題にもなる」

言い直したところがおかしくて、ルネの心は熱くなる。

ヴァレリーは、家のこととルネのこと、両方を考えてくれたのだ。

ルネの失敗は、ヴァレリーにとっても恥だ。

完璧な執事に恥を掻かせるわけにはいかない。

「わかった。おれも考えるから、一世一代の舞踏会を開いてみよう」

こほんと咳払いされて、ルネは小さく舌を出した。

またいつもの口調が顔を出してしまったのだが、ヴァレリーにもいい加減に諦《あきら》めてもらいたいものだ。

「ごめんなさい。僕も頑張るから、手伝ってもらえないかな、ヴァレリー」

「あなたはまだ当主ではない。望ましいことではありませんが、マリー様のお名前で開いてみましょう」

「うん！」

ルネはぎゅっと握り拳《こぶし》を作り、力強く頷いた。


ルネの部屋にやって来たヴァレリーは、許しも得ずにドアを大きく開けた。

「どうしたの？」

振り返ったルネは、帳面に何やらを書きつけている。小皿、酒、アンサンブルという文字が見えたので、彼なりに舞踏会の計画を立てているのだろう。

「当家のこれまでの舞踏会の記録が載った書類です。お勉強のあとでご覧になってください」

勉強をしていないのは一目瞭然《いちもくりょうぜん》だったが、舞踏会に関してはヴァレリーとルネの利害は一致している。これくらいは大目に見るつもりだった。

「わかった、置いておいて」

「はい」

ヴァレリーは一度廊下に戻り、大きな木箱を持ってきてそれを床に置いた。

「これ、全部？」

「いえ、まだあります」

もう一度廊下を往復したヴァレリーは、二箱目を積み上げる。またしてもヴァレリーが廊下に戻ろうとしたので、ルネが揶揄《やゆ》するように「まさか、もっとあるとか?」と聞いた。

「ええ」

結局ヴァレリーはその場を四度往復し、冗談のつもりで問うたルネをうんざりとさせた。

だが、ヴァレリーのせいではないのだから、少しくらい恨みがましい目で見られたところで気にはならなかった。

舞踏会は当代の社交では重要な位置を占めており、貴族社会が終わりを告げようとしている現代でも変わらない。

プロイセンとの戦争が始まりそうなきな臭い時期だが、人心を明るく保つのは意味がある。

日時の調整と招待客の選別はヴァレリーに一任されているので、ルネにはそれ以外のことをさせてみるつもりだった。

「ねえ、音楽の手配は僕がしてみていいかな」

ルネらしからぬ媚《こ》びた口調に、ヴァレリーは「あなたが?」とつい聞いてしまう。

「そう。ヴァレリーに伝があるならいいけど、ないなら知り合いに聞いてみようと」

「私にも知り合いはいないので、プロの楽団を雇おうと思っていたところです」

「その点なら、任せておいて」

ルネは得意げな顔になり、少し胸を張ってみせた。

「それから料理なんだけど、作ってみてほしいものがあるんだ。」

ルネは料理と音楽を任せてほしいと言って、ヴァレリーを驚かせた。

「わかりました。だいたい思い浮かんだ案を書き留めておいてもらえますか？」

「うん！」

確かに、料理や楽団の選定はルネ自身のセンスの見せどころだ。できることなら、ヴァレリーに頼らずにいてほしい。

ルネが集中して帳面を読み始めたので、ヴァレリーは無言でその場を辞する。

常になく真剣なルネの様子に、邪魔はできないと悟ったからだ。

ルネが単に上昇志向だけしか持たない人物ならば、さっさと排除できるのに、彼の願いはそんな容易いものではないから厄介だ。

ルネ自身が救われるためには、彼はこの街にいる大勢の自分の分身に手を差し伸べなくてはいけないのだ。

そうすることで、ルネは死の記憶を払拭しようとしている。そういう意味では自分たちは死の記憶に囚われた似た者同士なのかもしれないが、ヴァレリーよりはルネのほうが遙かに建設的だ。

ジルのことは変わらずに見張らせており、ルネの幼馴染みであるダニエルのもとで元気にやっているらしい。犯罪ぎりぎりのこともしているようだが、そのあたりは揉み消すのも難しくはない。学校が始まる前にジルを呼び戻すべきだろうが、時々、この箱庭での遊びに没頭しすぎてしまいそうな自分がいる。

アルノー家という芸術品のために必要なパーツを見定めるつもりであっても、ジルをうち捨てることはできない。

それとも自分は本気で、ルネならやっていけると思っているのだろうか。

あり得ないはずの夢想だ。

現実主義のヴァレリーでさえもルネの熱に当てられ、いつしか途方もない夢を見ていたのかもしれない。

だが、夢はいつかどこかで覚めるものだ。

それが今なのか一週間後なのか、ヴァレリーにさえもわからなかった。

8

ヴァレリーは長ったらしい招待客のリストをもう一度確認する。

今回はアルノー家の威容を示す盛大なパーティなので、できるだけ大人数を分け隔てなく招待した。おかげで貴族からプロイセン人ジャーナリストまで、様々な人物がやって来る予定だった。

ヴァレリーは会場になる大広間をぐるりと見回し、白い手袋を嵌《は》め、何の粗相もないか入念に確認する。

花瓶に活《い》けられていた百合《ゆり》の花を目にし、眉を顰《ひそ》める。

百合は美しい花だが、ヴァレリーはその匂いがあまり好きではない。花粉のたっぷりついた雌蕊《めしべ》を取りのけると見栄えが悪いし、これはないほうがいいだろう。

「この花瓶から百合を除いてください」

「でも、これは……」

命じられたメイドが言いづらそうに口籠《くちご》もり、茶褐色の目を伏せる。長い睫毛《まつげ》が影を作り、彼女の頰《ほお》に落ちた。

「何ですか？」

「庭師が、ジル様によくお似合いだからと」

そういえばあの老人は、ジルとよく話をしていた。個人的に思い入れもあるのだろう。

だが、今のこの家の主《あるじ》に似合うのは清楚《せいそ》な百合ではなく豪奢《ごうしゃ》な薔薇《ばら》だ。

「いいのです。捨ててください」

「……はい」

メイドは少し淋《さび》しそうな顔になったが、ヴァレリーは容赦しなかった。

掃除に関してはチェックしたので、あとは食器類だ。グラスに一点も曇りがないか、カトラリーは揃《そろ》っているか。

屋敷の修繕は見える範囲で行い、これもルネの知っている業者がてきぱきと安価でやってくれた。通常よりも手早く安かったので手抜きをされるのではないかと危惧《きぐ》したが、そのあたりはヴァレリーの目から見ても問題がなかった。

ルネの伝《つて》とやらは、いったいどうなっているのだろう。

本日は舞踏会であって食事が主軸ではないが、軽食はそれなりに気の利いたものでなくてはならない。これもまた、ルネが何やら懸命に調べて、駆り出したシェフにレシピを指定して作らせていた。

調べ物ばかりで連日の徹夜は大変だったろうに、ルネはそれをおくびにも出さなかった。生来の負けず嫌いのなせるわざに違いないと、ヴァレリーは小さく笑った。

ややあって、正装を身につけたルネがやって来た。

——美しい。

黒い燕尾服《えんびふく》に白い手袋は、その膚《はだ》と金髪に映える。緑色の目は昂奮《こうふん》に煌《きら》めき、いっそう彼を魅力的にみせていた。

「ヴァレリー、どう?」

「上出来です」

ルネに見惚《みほ》れかけていたヴァレリーははっと我に返り、渋い顔を作って頷《うなず》くと、ルネの纏《まと》う空気に安堵《あんど》が滲《にじ》んだ。

場数を踏んで大胆であっても、ルネはまだ十五の少年なのだと思い知るのは、こういう瞬間だった。

「何をおっしゃってるんです? これからが本番ですよ」

ちくりと釘を刺してやると、ルネは「わかってるよ」と笑った。

それから、一人きりで軽やかにステップを踏んでみせる。

「ダンスは習った。『フィガロ』からの取材だってあるんだ。上手《うま》くやってみせるさ」

「期待しております」

それからヴァレリーは懐中時計で時間を確かめ、「そろそろ待機しています」と告げた。

「うん」

定刻の三十分前で、気の早い客が馬車で乗り付けてくる時間だ。

いち早くアルノー家の舞踏会を品定めしたいという、噂好きの雀《すずめ》たちが押しかけるだろう。

ヴァレリーは客を迎えるために、玄関ホールへ向かう。ドアを開けると、案の定、家紋をあしらった箱馬車が次々と詰めかけるところだった。

人数が足りなくなるので、臨時で雇った従僕たちは、煌びやかな衣装を身に纏っている。

彼らは馬車の踏み台を下ろし、貴婦人や紳士が馬車から降りる手伝いをした。

玄関ホールの受付を任せたほかの従僕が、にこやかに微笑《ほほえ》みながら招待状を受け取っている。

ここまでは完璧だ。

受付の仕事を従僕に任せ、ヴァレリーは二階の様子を見にいく。

花で飾られたホールには次々と令嬢や貴婦人が到着し、控えているマリーとルネに挨拶をしている。

すらりと背を伸ばしたルネは流暢に受け答えしており、万事そつがない。

数十人の客でいっぱいになったホールで、女当主が挨拶をする段になった。その腕を支え、ルネは少し緊張した風情《ふぜい》で立っている。

「皆様、今宵は楽しんでいってください」

マリーの挨拶は簡潔そのもので、明るい笑いがホールを満たした。

それから、ホールの端に控えていた楽団の演奏が始まった。

まずは、数年前から流行《はや》っている『美しく青きドナウ』で、その旋律《せんりつ》が聴こえてくると皆はそわそわと明るい顔つきになる。

「あら?」

最初は踊らずにシャンパンを楽しんでいた貴婦人の一人が、そこで声を上げた。

「どうしたの?」

連れの令嬢が、訝《いぶか》しげに声をかける。

「ねえ、この素晴らしいヴァイオリン……聴き覚えがなくって?」

「そういえば……」

二人はそこで言葉を切り、ヴァイオリンの音色に耳を傾ける。

「ラシーヌじゃない! フランソワ・ラシーヌ!」

耳の肥えた人々はすぐに楽士の名前に気づき、ざわりとどよめいた。

すべてがルネの狙《ねら》いどおりだと、ヴァレリーは心中で笑む。

フランソワ・ラシーヌは著名な作曲家でありヴァイオリニストだが、人前で演奏をするのを好まない。偏屈なラシーヌは年に数度のリサイタルを開くだけで、ここ二、三年はパリで演奏会を開いたためしがない。

死んでしまったのではないかという噂すらあったので、ルネが彼と話をつけてきたときは驚いた。

どうやら、ルネが劇場で働いているときの知人のようで、上手く誤魔化しながら連絡を取ったらしい。

おまけに、楽士たちはラシーヌの知人で構成された一流の演奏家揃《ぞろ》いで、舞踏会の裏方として演奏をさせるには勿体《もったい》ないくらいの連中だ。

「素晴らしい演奏だ」

「これでは踊るよりも、演奏を傾聴してしまうな」

男たちも音楽に聴き惚《ほ》れ、思わぬ副作用にヴァレリーは苦笑した。

ひととおりダンスが終わると中休みの時間になり、軽い立食が供される。

普通はビスケットやケーキといったものが主流なのだが、ルネはピックに刺したオープンサンドウィッチなどを提案した。スペイン風の料理らしく、見た目も美しいし、味にも多様性がある。

「まあ、とても綺麗《きれい》だわ。宝石みたい」

「それに美味《おい》しいのね」

料理も音楽も大成功とくれば、あとは肝心のルネのダンスだったが――そのあたりは心配していなかった。

「ジル君、こちらはプロイセンの記者なんだが……」

紳士の一人が背の高い男を紹介してきたので、ルネはそつなく笑いかける。

「このようなご時世で、お招きくださってありがとうございます」

「プロイセンは敵国ですが、民間ではわかり合えると思っていますから」

ルネはやわらかな笑みを浮かべ、真《ま》っ直《す》ぐに記者の顔を見つめている。その堂々たる態度は、まさにアルノー家の跡取りに相応《ふさわ》しかった。

彼に賭けたことは間違いではなかったのだと、ヴァレリーは満足を覚える。

――あら、見て。

――とうとう好敵手の登場ね。

女性たちがひそひそとざわめき始めたので視線を向けると、入り口のところにはわなわなと震えるジャン・ポールが立ち尽くしていた。

「ようこそ、ジャン・ポール」

「やあ、ジル」

ジャン・ポールの登場に気づいたルネがにこやかに話しかけると、ちょうどやって来たばかりの彼はやけに引き攣《つ》った笑顔を向けた。

「楽しんでらっしゃいますか」

「ああ、もちろんだとも」

この状況で話しかけるとは、ルネの心臓の強さには感服する。

「よくいらしてくださいました」

ヴァレリーは慇懃《いんぎん》に頭を下げ、シャンパンの載ったトレイを差し出した。ジャン・ポールはグラスを一つ摑《つか》もうとしたが、手が滑ったらしく、それが腕にかかった。

「失礼しました、大丈夫ですか？」

「……いや、ちっとも」

「では、奥で……」

「帰るよ。これではあまりに見苦しい」

見苦しいも何も袖《そで》が少し濡《ぬ》れただけなのに、ジャン・ポールはあっさりと撤退を決め込んだ。

それを目にした客たちは失笑を漏《も》らしたが、ジャン・ポールはこれ以上ここにいては恥の上塗りだと思ったのだろう。ヴァレリーが引き留めるのも聞かずに、玄関ホールへ一目散に逃げだした。

結果的にいえば、舞踏会は大成功だった。

ルネはホストの役をきっちり果たし、客人をよくもてなした——と思う。

あまり自信がないのは、ヴァレリーが何も言ってくれなかったからだ。

舞踏会自体はルネの発案なのだから、成功しようがしまいが彼には興味がないのかもしれないが、さすがに少しへこむ。

「あーあ……」

大きく息を吐き出してバルコニーに出て涼んでいたところ、背後で人の気配がした。

「どうしたのですか?」

ヴァレリーだった。

「いや、べつに。終わった感慨を噛《か》み締めてただけ」

時刻は午前二時を過ぎている。

すべての客を帰したボールルームはもう人気《ひとけ》がなく、片づけは明日に持ち越しで、使用人たちにも今夜はひとまず寝るように命じた。

まさに宴のあとだ。

「顔色が悪いですね」

ヴァレリーはルネを一瞥《いちべつ》するなりそう言ってのけた。

「……おれの?」

「そうです。早く寝たほうがいい」

舞踏会は成功し、ジャン・ポールの鼻を明かすのにも成功したはずだ。

何しろ、彼はルネの舞踏会が上首尾なのを目にすると色を失い、シャンパンを服に零《こぼ》したのを理由にさっさと帰ってしまったのだ。

だからこそ、ルネの勝利と言ってもいい。

それは衆目にも明らかで、舞踏会に招待されなかった人たちにも、二日もあれば噂《うわさ》は行き渡るだろう。

「こういうときこそ、昂奮してるのに？　堅物だね」

ルネはヴァレリーの肩をとんと叩《たた》いた。

「…………」

その手が彼の頬《ほお》に触れたらしく、ヴァレリーは一瞬、眉根を寄せた。

彼のその表情の理由がわからず、ルネは首を傾《かし》げてヴァレリーの目を覗《のぞ》き込んだ。

灰色の双眸《そうぼう》は、ルネを見据えて揺らぐことがない。

思えば、ヴァレリーはいつもこうだ。

ルネが何をしようと彼の中には不動の価値観があり、決してそれは揺らがない。

——揺らしてみたい。

不意に、衝動のようなものが込み上げてきて、ルネはヴァレリーの首に自分の両手を回した。

「具合が悪いのですか？」

「おれはあんたが欲しいよ」

囁《ささや》くように言ってのけたが、ヴァレリーの表情はまるで変化がない。

「そういう直接表現はお勧めしません」

「――お堅いね」

ヴァレリーの感情の波が見えないことが、ルネの心をささくれ立たせた。

誘いに乗らなくても構わないけれど、もう少しくらい、喜んでくれてもいいじゃないか。

自分が苛立《いらだ》っているのに気づき、ルネは心中で首を傾げる。

もっと褒められたかった。

ヴァレリーには立派になったと喜んでもらいたかった。

ルネなりに頑張って、ヴァレリーに恥を掻かせないように努めたつもりだ。今夜は言動に人一倍気を遣い、アルノー家の跡取りに相応しい振る舞いをした。

だからこそ、選んでほしい。

――あなたが私の主に相応しい、と。

そう言われたかった。

かっと躰《からだ》の奥に火が点《つ》いた気がした。

選ばれたい。

ジルの身代わりではなく、ルネとしてヴァレリーに選ばれたいのだ。

ヴァレリーはまだルネに決めたわけではないし、結論に至っていないはずだ。

でも、そんなことが可能なのだろうか。

ヴァレリーも言っていたとおり、ジルの幸せを盗んだルネが、本当に幸福になれるのか。

なのに、まるで波のように感情が押し寄せてくる。

これは、何だろう。この思いは、強すぎる情動は、込み上げてくる熱い感情は。

大きな感情の揺らぎに唐突に直面する羽目になり、ルネは声もなく立ち尽くした。

「赤いですよ、顔が」

「今夜はあんたに抱かれたい気分だからさ。昂奮してるんだ」

無論、それは苦し紛れの言い訳にすぎなかった。

ルネは乙女のようにうぶな自分の感情に気づき、ひどく動揺していたのだ。

ヴァレリーに認められたい、求められたいという欲望。

この冷たくて意地悪な男に、もっと独占されたい。

その感情が起きる源に気づいてしまったせいだ。

「どうしましたか？」

「……おれ」

掠《かす》れた声が漏れた。

相変わらず淡々としたヴァレリーの態度に、ルネははっと我に返った。

「はい」

この気持ちを知っても、おそらくヴァレリーは変わらないはずだ。

これ以上公私混同をすれば、ヴァレリーに面倒な子供だと思われるのがおちだった。

「……何でもない。じゃあ」

ルネはもう一度彼の肩を叩き、それを押し退《の》けて立ち去ろうとしたが、意外なことに足許《あしもと》がふらついた。

「あっ」

倒れるよりも前にヴァレリーが反応し、ルネの華奢《きゃしゃ》な躰をそっと抱き留めた。

「大丈夫ですか」

「ちょっと、頭が……」

足じゃなくて、頭がふらっとしたのだ。

そう言おうとしたところ、ヴァレリーが意外な行動に出た。

「！」

ルネの肩と足に手を回し、まるで女性を抱きかかえるように持ち上げたのだ。

「ちょっと、ヴァレリー！」

「重いのだから、静かになさい」

「だって」

こんなのはコルセットのせいで倒れる女性のような扱いで、ほぼ一人前の男がされるべきことじゃない。

耳やうなじまで熱く火照《ほて》ってしまい、ルネは真っ赤になった。

「あなたは疲れているんです。部屋に運ぶくらいは面倒を見てあげますよ」

「そんなの……」

ぶつぶつと文句を言っているあいだにヴァレリーは大股で歩きだす。

抱っこされたまま運ばれるのは、決して居心地がよくはなかった。

なのに、このまま離れがたいような心境に襲われて、ルネは眩暈《めまい》すら覚えた。

服と服がなければいいのに。

決して膚と膚を合わせたことがないけれど、ヴァレリーと膚や肉が溶け合うくらいに交わってみたい。

「襲ったりしませんよ」

「わかってる、それくらい」

頰を赤らめるルネを見やり、ヴァレリーは肩を竦《すく》めた。

ルネの上着とベストを脱がせ、シャツのボタンを外してくれる。ズボンを剝ぎ取られた挙句に寝間着を着せられるあいだ、ルネはすっかりされるがままだった。

自分の妄想で下肢は反応してしまっていたが、ヴァレリーはそれを無視した。

「しないの？」

「しませんよ。それは疲れているだけです」

冷静すぎるヴァレリーの判断力に、ルネは惨《みじ》めさすら覚えて唇を噛んだ。

「さあ、寝なさい」

ヴァレリーがそう言うと、ルネの目許に自分の手を置く。

あたたかい。

もっと冷たい手だと思っていたのに、ヴァレリーの手はあたたかかった。

おかげで今し方感じた惨めさすら、溶けてしまう。

こうして自分を寝かせてくれる、ヴァレリーのぎこちない優しさを感じたからだ。

優しいなんて……変だ。

「熱がありますね」

ルネが寝ていると思ったのか、ヴァレリーが小さく呟《つぶや》いた。

そうか。

おれ、熱を出してるから変なことを考えるんだ。

ヴァレリーのことを好きだなんて。

好きで、好きで……まるで熱に浮かされるようにその言葉しか思い浮かばないなんて。

——おにいちゃん。おにいちゃん、どこ？
遠くでエミリーの声が聞こえる。
おれはここだ、ここにいる。
そう伝えたいのに、声が出ない。
エミリーの声が遠くなり、暗闇がまた濃くなった気がする。
自分の指先さえ見えない、真の闇の中。
おれはここだ。ここだから、おいで。
そう声を張り上げたそのとき、ルネははっと目を覚ました。
自分の手をぱたぱたと彷徨《さまよ》わせていると、誰かが触れてくる。
「ん」
ルネが声を出したのが聞こえたらしく、相手がすぐさま手を離した。
それで、すぐに誰かわかった——ヴァレリーだ。
目を開ける。
光にすぐには慣れなかったが、瞬《まばた》きをしているうちに状況が摑めてきた。

ヴァレリーはルネの傍らに椅子《いす》を持ち込み、何かを調べていた。

「ヴァレリー……？」

「目を覚ましましたか。ご気分は？」

「熱い」

いいか悪いかという判断よりも先に、全身に纏わりつく凝《しこ》ったような熱の不快さを訴えた。

「かなり熱があるのですから、当然です」

ヴァレリーは冷たい口調で言った。

「ずっと、ここにいたの？」

「あらぬことを口走られても困ります」

つきっきりで看病していた事実を、否定はされなかった。

「そっか……」

ふ、とルネは笑う。

「どうしたんです？」

「意外と優しいんだなって」

思ったことがするりと口に出てしまった。

「私のことを悪魔のように思っていたんですか？　心外ですね」

そう言いつつも、ヴァレリーの言葉に棘《とげ》はない。

汗に濡れたルネの髪を撫《な》で、「水を」とグラスを差し出した。

「あなたこそ意外と可愛いところがありますよ」

「え⁉︎」

動揺したルネは、ヴァレリーが差し出したグラスを取り落としそうになる。

可愛い、だって？

その単語を聞いた瞬間、心臓がばくばくと脈を打ち出したのだ。

どうしよう、鎮まってくれない。

さすがのルネも、自分の心臓まで制御するのは不可能だった。

「弱っているところは悪くはありません」

さらりと言われて、ルネはもうどうすればいいのか考えることすらできない。

こんな自分がおかしいと、ヴァレリーは気づいているのだろうか。

「か、からかってるんだろ」

「いいえ」

「嘘だ」

「嘘はつきません」

「だって……」

往生際が悪くしどろもどろに述べつつも、ルネはますます自分の頬が熱く火照ってくるのを如実に感じた。

熱のせいだと思うけど、きっと、それだけじゃない。ヴァレリーの思ってもみなかった優しさに触れて、我ながらおかしくなってきている。

「また赤くなってきましたね。目も潤んでいるし、やはり熱が高いのでしょう。できるだけお休みになったほうがいい」

もう一度、ヴァレリーがルネの額に触れてくる。大きな手と長い指は優雅で、彼のその手でこんな風に触れられることがあるとは思ってもみなかった。

ルネの熱を測るために載せられたはずのその手は、なかなか離れていかない。

自分を冷やしてくれているのだろうか。

「あんたの手、気持ちいいな……」

あたたかくて冷たくて、そして。

ルネを慰撫《いぶ》する優しさすら感じられる。

そう感じるのはきっと、自分がヴァレリーに特別な思いを抱《いだ》いているからだ。

また一際、躰が熱くなった気がする。

この熱を追いやるためにも、もう、寝てしまおう。

「褒めているんですか？」

ヴァレリーが重ねて何かを言った気がするが、もう、ルネの耳には届いていなかった。

9

「ご機嫌よう、ジル」

「お久しぶりです」

ルネが軽く頭を下げると、令嬢たちがふわりとやわらかな笑い声を立てる。それはまるで池に広がる漣《さざなみ》のようで、ルネを満足させた。

「今日はヴァレリーは一緒じゃないの？」

「はい、そろそろ一人で出かけてもいいとお許しが出ました」

笑みを浮かべたルネの言葉を聞き、令嬢はころころと笑った。

ルネを招いたのは、パリでも有数の大貴族の令嬢たちだった。

今はその優雅な習慣は廃《すた》れつつあるが、お茶会をするというので、ルネは顔つなぎに出かけることにしたのだ。

このところフィガロやら何やらの取材が続いたこともあり、久しぶりに、どうでもいい気楽な集まりに顔を出したかったという理由もある。

「このあいだの舞踏会はいい語りぐさだったわ」

「ねえ、とても素敵だったもの」

令嬢とその友人たちは楽しげに声を立てて笑った。ティーカップを優雅に口に運ぶと、彼女たちはまたきゃらきゃらとおかしげに笑う。

いったい何がそんなにおかしいのか、この年頃の娘たちの考えることはさっぱりわからない。

「これでジャン・ポールは素晴らしい列車でも作らなくちゃいけなくなったわね」

「本当。超豪華な客車でも作って、そこでパーティをするしかないわ」

「豪華な客車なんてあり得ないわ！」

ジャン・ポールが鉄道事業に傾注していることを揶揄《やゆ》し、彼女たちは楽しげに笑う。

鉄道にはルネも乗ったことがないが、馬車に比べれば速いのが利点で乗り心地は最悪だと聞いているし、豪華な列車でルネのパーティに張り合うなんて無理な話だろう。

だが、これからは鉄道の時代だ。路線の選び方さえ真っ当であれば、鉄道事業に金を注ぎ込むのは間違った姿勢ではなかった。

「あれから何度もパーティをしているんですって？」

「何度もというのは大袈裟《おおげさ》です。祖母が騒がしいことは苦手なので、あれほど大がかりな舞踏会は望みません。でも、折角たくさんの方と親しくなれたので、ご縁をそこで断ち切ってしまうのも惜しくなったのです」

「わかるわ、そういうの。だから私もこうしてジルを呼んだんですもの」

ルネと彼女たちのあいだに縁が生まれたかは謎だったものの、彼女たちがそれを望むのであれば吝《やぶさ》かではない。

昂奮《こうふん》することしきりだった舞踏会の熱は冷め、ルネは既《すで》に平静を取り戻している。

さすがに舞踏会は費用が嵩《かさ》むのでもう計画はしなかったものの、小さなパーティは何度か開いた。とはいえ、前回の舞踏会があまりにも評判を呼び、内輪と言いつつも客が詰めかけ、結果的にはかなりの人が集まった。

ルネは今や社交界の有名人だ。

「これでアルノー家は安泰ね、ジル」

「……ええ」

だが、安泰なのはジル・アルノーであってルネではないのだ。

そんな不快な思考が入り混じったせいで、紅茶がやけに苦く感じられる。

黙りこくってしまったルネに、令嬢の一人が「あら、嫌だわ！」と突然高い声を上げた。

思わずびくっと肩を震わせたルネは、彼女をまじまじと見つめる。

もしかしたら、気づかれたのだろうか。

自分はジルではない、と。

「とても苦いわ。ごめんなさい、お茶が出過ぎているみたい」

「気を遣っておっしゃらなかったんでしょう。ちょっと待ってね」

「え……」

「あ……はい……」

気を遣ったわけではなく、紅茶の味がおかしいと思わなかったのだ。

上等な紅茶は飲みつけないから。

立ち居振る舞いを教わったとしても、食べ物の味について習ったわけではない。

そんなことを歯痒《はがゆ》く思い、ルネは自分の手を軽く握り締めた。


「お待たせ。教会に回ってから、家に帰ろう」

車寄せに回ってきた御者《ぎょしゃ》に声をかけると、人待ち顔だった彼は「はい」と頷《うなず》いた。

「いつものところでよろしいですか?」

「うん」

御者に問われて、ルネはこくりと首を縦に振る。

寄付をしたからには責任を持ち、教会や孤児院の運営を見守るのがルネの信条だ。

気にかけられていたほうが、向こうだってやり甲斐《がい》があるだろう。

「かしこまりました」

御者に命じて馬車に乗り込んだルネは、何気なく車窓を眺める。

戦争のせいだろうか。どこかくすんだような街は、昔に比べて活気がない。

もしかしたら、夏休みに入って学生たちが田舎《いなか》に戻ったせいかもしれなかった。

そんなことを考えつつ外を眺めていたルネは、はっとした。

「！」

街を歩くドレス姿の女性が、目に飛び込んできたのだ。

金髪が美しい彼女は、ルネに——否、ジルに瓜《うり》二つだった。

心臓が止まりそうになり、汗がどっと噴き出してくる。

馬鹿な！

咄嗟《とっさ》にそれを笑い飛ばし、ルネは正面を見やる。

ダニエルが面倒を見ていれば、ジルは普通に生活できるだろう。それに、彼が女装する理由なんてものもない。

気のせいだ。今見たものは、忘れるべきだ。

なのに、心臓がきりきりと痛くなってきた。

ルネのこの充実感も、満足感も、本当はルネのものじゃないせいか。

これは、自分がジルから盗んだものだから、なのか。

「……くそ」

ルネは吐き捨てるように呟く。

罪の意識なんて、今更、持ち合わせていないはずだ。

こんな気持ちに襲われるとは、自分らしくなかった。

得意の絶頂にいられるはずの今なのに、どうして、こんな嫌な気分にならなくてはいけないのか。

紅茶の味が、未《いま》だに舌の上に残っているせいで、斯《か》くも不快だというのか。

——違う。何もかもが、自業自得だ。

家に帰ったルネが馬車から降りると、ドアを開けてヴァレリーが迎え入れてくれる。

「お帰りなさいませ」

「…………」

何も言わずに、ルネはヴァレリーの腕を摑《つか》んだ。

驚いたようにヴァレリーが微《かす》かに身動《みじろ》ぎしたが、ルネはその手を離さなかった。

本当は、しがみつきたかった。

自分の弱さをさらけ出してしまいたい。

どんなに上手《うま》くやったと思い込んでも、人の幸せを盗んで得たものなど、身にはつかないのだ。
だから、ヴァレリーはいつかルネを捨てるかもしれない。
「！」
ふと、髪に何かが触れた。
すぐにそれが何かわかった。
ヴァレリーの手だ。
何も言わずに、ヴァレリーが自分を撫《な》でてくれているのだ。
そう思った瞬間、目の奥がつんと痛くなってきた。
泣いたりしない。
泣くものか。
誰の前でも、自分は泣かない。
俯《うつむ》いたまま玄関に佇《たたず》むルネの髪を、ヴァレリーはただ無言で撫で続ける。
それはほんの数秒だったかもしれないし、数分だったかもしれない。
ルネにとっては、時間を忘れるほどの長さに思えた。
好きな人に触れられるというのはどれほど甘く、そしてどれほど幸せなものだろう。
でも、触れられると思い出してしまう。
自分は偽物だ。醜くて汚い犯罪者だ。

このぬくもりだって、所詮《しょせん》、盗んで得た人のものでしかない。

自分の所行に後悔して、この場所をジルに返すことはいつでもできる。でも、そうしたらジルは自分を警察に突き出すだろう。

いずれにしたって、ヴァレリーには二度と会えなくなるのだ。

淋しさから彼の胸に躰を預けそうになり、ルネははっとして、ヴァレリーから一歩後退《あとじさ》った。

だめだ。

弱さを見せたら、自分はアルノー家の御曹司《おんぞうし》失格だ。

ヴァレリーのそばに、いられなくなる。

「どうしたのですか」

怪訝《けげん》そうに問うヴァレリーの声に耳を塞《ふさ》ぎ、ルネは首を横に振った。

「ご褒美が欲しいのですか」

「は？」

「不満げです」

「そんなわけないだろ！」

ぴしゃりと突っぱねたルネは、焦って玄関ホールへ飛び込む。

ヴァレリーが呆然《ぼうぜん》としているのがわかったものの、もう取り返しがつかなかった。

ご褒美、だって？

こんな心境でヴァレリーと膚《はだ》を合わせたら、どうにかなってしまうに決まっている。

そうでなくとも彼は、男と寝ることを厭《いと》わないルネのそうした面を蔑《さげす》んでいる。乱れるルネを目にすれば、もっと馬鹿にするに決まっていた。


暫《しば》し呆然と立ち尽くしていたヴァレリーは、ルネが消え去った方角をじっと見つめる。

不可解な反応だった。

ルネの様子がおかしいというのは、このところ、顕著に感じていた。

いや、違う。

おかしいのはルネではなくて、自分のほうなのかもしれない。

ヴァレリーは右手を見つめてみる。

今も、ごく自然にルネに触れてしまった。

主従の関係を考えれば、あってはならないことである。

ルネはそれを咎《とが》めるような人間ではないからこそ、ヴァレリーが自覚を持たなくてはいけなかったのだ。

それをルネに気遣わせるようでは、従者失格だ。

「私としたことが」

小さく呟き、ヴァレリーは自分の額《ひたい》に手を当てた。

しかし、自分の長年仕える主《あるじ》にすら思い入れできないという欠陥だらけのヴァレリーが人間らしさを意識したのは、ルネのおかげなのかもしれない。

彼が自分に、初めてともいえる感覚をもたらしたのだ。

「………」

ヴァレリーは気を取り直し、玄関に入ると扉をきっちりと閉める。

ルネはアルノー家の跡取りの役割を、このうえなく上手《うま》く演じていた。

社交だけでなく慈善事業に金と口を出すのも、ルネなりの信条が感じられる。

彼はただの狡猾《こうかつ》な詐欺師《さぎし》ではなく、その胸には奇妙な信念があった。

だからこそ、魅《み》せられるのか。

だいぶ年の離れた少年なのに、己《おのれ》の心はどうしようもなく彼に引き摺《ず》られている。

初めて見たとき、ヴァレリーはあの炯々《けいけい》と光る宝玉の如《ごと》き瞳に目を奪われた。

先送りしていた問題に直面し、ヴァレリーは答えを出しかねていた。

ヴァレリーはどうすればいいのかを、もうずっと迷っている。

この家という己の芸術品を作ったとき、ルネはそれを彩る素晴らしい装飾品になるだろう。

けれども、そのためにジルを見捨てるわけにはいかなかった。

10

「おはようございます」

「おはよう」

朝食のために食堂にやって来たルネは、ヴァレリーに挨拶をする。

声が期せずして硬くなってしまったのは、このところずっと、ヴァレリーとぎくしゃくしているせいだ。

そして、その原因はほかでもないルネにある。

ヴァレリーを好きだと認識してしまったから、上手《うま》く振る舞えない。

いったいどこがいいのだろう？

それまで可愛がってきた御曹司《おんぞうし》を捨ててまで、ルネを拾い上げた男のことが。

ヴァレリーは冷たくて、非人間的で、嫌なやつじゃないか。

「困ったことになりました」

開口一番のヴァレリーの台詞《せりふ》に、ルネは眉を上げた。

「戦況か？」

「そちらも十二分に酷《ひど》いのですが、それ以上の問題です」

プロイセンとの戦争が始まり、フランスは皇帝陛下であるナポレオン三世を指揮官にして戦地に送り込んだものの、戦況は想像以上に悪かった。けれども、社交界においてジル・アルノーの存在感は増している。

そういうわけでルネは得意の絶頂だった。

しかし、ヴァレリーの顔は平素とは違い動揺の色が見える。

いったい何が起きたのかとルネは訝《いぶか》った。

「どういう風に？」

「これを」

手袋をしたままのヴァレリーが差し出した新聞の記事を一瞥《いちべつ》することもなく、ルネは真《ま》っ直《す》ぐに相手を見て肩を竦《すく》めた。

「食事中に新聞を読むのは、行儀が悪いんじゃないですか」

「そうでしたね。では、読んで差し上げます」

「そうして」

ヴァレリーの前にいるのは、ひどく緊張してしまう。

あの舞踏会の夜から一か月以上が経過しているのに、己を取り戻せない。

ずっとおかしいままだ。

好き、という気持ちの効用をいやというほど思い知り、ルネはこのところ精神的にひどく不安定だった。

だって、どうすればいいのかわからないのだ。

ヴァレリーの態度は今までとまったく変わらず、彼が自分に何らかの感情を抱《いだ》いているようには到底見えなかった。

『アルノー家にプロイセンのスパイ疑惑』

意味が、わからない。

「貸して」

結果、ヴァレリーから新聞を奪い取り、食い入るように新聞を読み耽《ふけ》るルネは、自分の表情が険しくなっていくのを感じた。

「何だよ、これ……」

「先だっての舞踏会に、プロイセンの記者を呼んでいました。おそらく、そのせいかと」

「人選はおまえに任せた」

ルネがつい感情に任せてきつい声でヴァレリーを詰《なじ》ると、彼は反論とすら言えない純然たる事実を口にした。

「フランスとプロイセンの相互理解のため、誰にでも門戸を開くという方針だったはずです」

「……悪かった」

己《おのれ》の非を素直に認めたルネは、もう一度記事を眺める。

何度読み返してみても、記事の内容は同じだった。

「これだけだったらどうってことない」

「そうですが……民意はわかりません。そうでなくともプロイセンとの戦況は悪化の一途です。国民の心証は悪い」

「わかってる」

それくらい、百も承知だった。

「誰かに嵌《は》められた可能性もありますが……」

「可能性としてはあるかもしれないけど、今は関係ないだろう。どう火の粉を振り払うかが問題だ」

「一応、孤児院や教会への寄付であなたは知られています。だが、それすらもスパイであるのを隠すための工作と思われる可能性があります」

「……そうだな」

庶民の気持ちの移ろいは、あまりにも早い。

一時的に持ち上げておきながら庶民がすぐに気持ちを変えてしまうのは、ルネはよく知っている。同じ過ちを犯した人間はパリで何人も現れたし、それはごく身近のダニエルも同様だった。

「どうしますか？　あなたには、この先のことを決める権利があります」

「……どうしてほしい？」

「あなたのやり方に従うまでです」

「おまえはジルの従者だ。おれの従者じゃない」

つい、吐き捨てるように口にしてしまう。

だが、それはいつもルネが感じていたことだった。

ヴァレリーはルネを選んだと言いながらも、その実、彼は一度もルネのことを『ジル様』と呼んだことがない。それどころか、ルネの名前を口にしたことすらない。

ヴァレリーにとっての自分は、ただの器。

この家の主《あるじ》という名前の道具にすぎないのだ。

それが自覚できるからこそ、苦しかった。

この男は、自分のものじゃない。

欲しいのに。

心底求め、ヴァレリーを自分のものにしたいと思っている。だからこそせめて躰《からだ》で繋《つな》ぎ止めているのに、それでもヴァレリーは手に入らない。

この男は、アルノー家のものなのだ。

「わかりました。では、私にお任せいただけますか」

「うん」

どのみちヴァレリーにできることなど限られているが、それなりに上手く収めてくれるかもしれない。

「暫《しばら》く外出は控えてください。相手に迷惑がかかる」

「それ以前の問題で、会ってくれないと思うけど」

自嘲気味に言ったルネに、ヴァレリーは「そうですね」と相槌《あいづち》を打つ。

人の心は、容易《たやす》く移ろうものだが、ヴァレリーは例外だ。

こんな事態になっても、彼の忠誠心はアルノー家に捧げられるに違いなかった。


異変はその夕方に起きた。

憂鬱《ゆううつ》な一日を過ごすルネの耳に、妙なざわめきが聞こえてきたのだ。

またジルが押しかけてきたのかと思ったが、それにしては人数が多いようだ。いても立ってもいられなくなり、ルネはこっそり屋敷の外に出て門のあたりを偵察してみた。

「な……」

驚いたことに、門のあたりにはいかにも貧しそうな身なりの連中が十人ほどたむろしていた。

いったいどういう用件か聞いてみようと近づきかけたが、一人が突然、大声で叫んだ。

「スパイ野郎、出てこい！」

え？

驚いて足を止めたルネの姿は植え込みで隠れているらしく、彼らには見えていないようだ。

男たちは、「プロイセンに味方する屑《くず》め！」と今度は叫んだ。

「フランスの敵！」

「意気地《いくじ》なし、何してやがる！」

続けざまの怒号が耳を打ち、ルネは目を丸くする。

考えるまでもなく、男たちが詰めかけてきた理由はすぐにわかった。

あの記事の内容を知った連中が、プロイセンに負けている腹いせもあって、鬱憤《うっぷん》を吐き出しにやって来たのだ。

戦争を仕掛ける前から、「ベルリンへ！」などと浮かれたことを口走っていたような連中だ。

戦況が悪くなれば、今度はその捌《は》け口《ぐち》が欲しくなるのだろう。

そのうえ、ルネが生娘に乱暴したなどという、根も葉もないゴシップ記事まで書き立てられた。

「何をしているのです！」

小声で背後から呼びかけられて、ルネは「ひゃっ」と声を上げた。

植え込みに身を隠すようにしていたのは、ヴァレリーだった。

彼はルネの唇に人差し指を当て、黙るように促《うなが》す。

「ヴァレリー、あいつら……」

それでもたまらずに声を出しかけると、彼はルネの台詞《せりふ》を遮り、肩をぐっと摑《つか》んだ。

「いいから、中に入って。石でもぶつけられたら危ない」

「………」

言われるままに玄関ホールまで逃げるように戻ったルネは、改めてヴァレリーに向き直った。

「あれは何だ？」

「アルノー家を見張っている連中です」

「見張りって、プロイセンのスパイだからか？」

ルネが呆《あき》れ声で問うと、ヴァレリーはさらりと頷《うなず》いた。

「ええ。プロイセンのスパイと密会するのではないかと思っているようです」

「馬鹿馬鹿しい。密会するなら外で会う」

「そういう道理は通用しない連中です」

ヴァレリーは珍しく苦笑し、それからルネを見やった。

「怖いですか？」

「何が？」

「自分のなさったことにしっぺ返しが来るのを目にするのは」

「……怖くないよ」

怖がっていたら、あんな真似は絶対にできない。

「何かあったら責任は取る。それがおれの生き方だ」

「あなたは、強いですね」

「あんたはどうなんだ？」

「私は……」

珍しく言い淀《よど》み、ヴァレリーは微笑《ほほえ》む。

それがやけに気まずそうなものに思えたので、ルネは肩を竦《すく》めた。

「いいよ、無理に言わなくても。おれみたいな子供が、スパイになるって思う？」

「ない話ではありません」

「だよなあ。でも、無理がありすぎるよ」

「あなたはただの子供ではありません。社交界では注目される御曹司で、本人にその意識がなくとも、スパイが利用する可能性はある」

「あんたまで、おれをスパイ扱いするわけ？」

「違いますよ」

くすりと笑ったヴァレリーの目許《めもと》が、優しく和んだ。

この差し迫った状況なのに、彼のやわらかな表情を初めて目にした気がする。

「まあ、確実な証拠がなければすぐに飽きるさ」

「それならいいのですが、すべて戦況次第です」

釘を刺すヴァレリーの表情は、既《すで》にいつもと同じものになっていた。


翌日、群衆は更に増え、ますます殺気立っていた。

こうなると、一触即発で暴徒と化する可能性も十分にある。

愛国者の会とやらは青年社会主義同盟とやらと結びついて人数を増やしたらしく、有象無象がアルノー家の塀の周りをぐるりと取り巻いている。その数は百人では足りないほどで、不況で暇なせいもあるのだろう。

おまけに新聞に書き立てられたせいか、物見遊山《ものみゆさん》の連中まで増えていたのが業腹《ごうはら》だった。

ルネは外出せずに、家の中でじりじりしながら過ごすことにした。

こういうときは読書に耽っても、何も面白くない。

いつ、連中が家に踏み込んできてルネをぶちのめすかわからないという不安もあった。

そういう意味で、群集心理というのは厄介だ。

そして、更にその翌日。

群衆はもっと増えていて、まさに黒山の人だかりという表現が相応《ふさわ》しいほどになっていた。

昨日の今日で、急増しすぎではないか。

これでは、暴徒と化したときに止められない。いったい何があったのだろう。

「まずいことになりました」

朝一番にやって来たヴァレリーはそう言い、ルネを見下ろした。

「どうした？」

悪い報告は聞き飽きたのだが、こういうときは致し方がない。

「私のせいです。申し訳ありません」

いやに素直にヴァレリーが頭を下げてきたため、ルネは目を丸くする。謝罪はともかくとして、何をしたのかが知りたかった。

「細かいことはいいから、どういう意味なのか教えてくれ」

「ほとぼりが冷めるまであなたを逃がそうと思ったのですが、用を頼んだ小間使いが後をつけられていたようです」

「え?」

「パスポートの偽造はできましたが、切符を買うところを見られました」

ヴァレリーらしからぬ手抜かりに、ルネは呆気《あっけ》にとられた。

「どこへ逃がすつもりだったんだ?」

「ロンドンです」

外国の地名を出されて、ルネは思わず顔をはね上げた。

「馬鹿か!」

叱責《しっせき》され、ヴァレリーは弁明をしなかった。

「冗談じゃない。この時期に逃げる先が、よりによって国外だって? そんなことしたら、おれはスパイだって認めてるようなものだ」

それくらいわからないヴァレリーではあるまい。

苛立《いらだ》ちに机を叩《たた》いたルネの手は、じんと痺《しび》れた。

「どうしてそんなことをしたんだ!」

「これしかありません。——あなたを生かすためには」

「負け犬になるのは御免だ」

「捕まっても、死んでも負け犬です」

「おれはプロイセンのスパイじゃない!」

「ですが、スパイでないのを証明するのは、スパイであるのを証明する以上に困難です」

ヴァレリーの言い分は尤《もっと》もだった。

そうでないことを証明するのは、そうであることを証明するよりも遥《はる》かに難しい。

それは、ルネにもわかっていた。

「暫くあなたはここに足止めされます。ですが、何とかしてあなたを逃がす方策を考えます」

「……馬鹿だな」

ルネは嘲《あざけ》りを込めて呟く。

ヴァレリーの口調があまりにも必死で、彼らしくなかったからだ。そこに不自然さを覚えてしまい、つい口に出してしまった。

「おれはジルじゃない。なのに、どうしてあんたはそんなに親身になってくれるわけ？」

蓮《はす》っ葉《ぱ》な物言いを注意もせず、ヴァレリーは一瞬、押し黙った。

それから、その灰色がかった双眸《そうぼう》でジルをじっと見据えた。

「死なせたくないと思うのに、どんな道理が必要なのです？　人は一度死ねば甦《よみがえ》らない」

「…………」

どうして、そんなことを言えるのだろう。

まるでそれでは、ヴァレリーが多少なりともルネに思い入れがあるみたいじゃないか。

「また、別の方法を考えます。何があるかわかりませんので、荷造りをして、それから躰を休めてください」

「でも」

「荷造りをしなさい。いいですね？」

ぴしゃりと言われると、ルネはもう逆らえなかった。

「わかったよ。でも、あんたは？」

「私が逃げてどうするのです？」

確かにそうだが、だけど、ヴァレリーと離れるのは嫌だ。

「おれは、ここにいたい」

「警察に告発しますよ」

その言葉にはっとして、ルネはヴァレリーを真っ向から見据えた。

「あんたは共犯だ。あんただって来るだろ？」

「いいえ。この事態になっては、ジル様を連れ戻しても危険に晒《さら》してしまいます。私まで逃げれば、この家はマリー様一人になってしまう。置いてはいけません。それに、私が逃げる道理はないはずだ」

ルネの命題は成り立たないものだと言われ、つい、苦笑してしまう。

「——真面目《まじめ》だな」

「私はこの家の執事ですので」

逃げなくてはならないのなら、一緒に行きたい。ヴァレリーと一緒がいい。

この冷たい男が好きだから、どうしても手に入れたい。

けれども、そうさせるだけの魅力がルネにあるだろうか？

金も力もない、ただの貧民上がりの子供。しかも自分は、ジルを陥れた罪人《つみびと》だ。

「おれと来いと言っても？」

「命令ですか？」

「そうだ」

「あなたは本物ではありません」

ヴァレリーは冷ややかだった。

当たり前だ。今更、その前提を口にしてどうするつもりだ。

だが、ヴァレリーのその全否定は、ルネの心を切り裂くには十分だった。

「ああ……そうだな。おれは、あんたのご主人様じゃないよ」

そんなことは百も承知なのに、今更彼の発言に落胆している自分の愚かさに、ルネは心中で嘲笑《あざわら》うほかなかった。


廊下で足を止めたヴァレリーは、ふと、外を見やる。

群衆は飽きることなくこの家を取り巻いており、警官が散らそうとしても無駄だった。尤も、警官とて本気で蹴散《けち》らそうとはしていない。

プロイセンに劣勢の現状に不満を抱いた市民の怒りが、政府や警察に向かうよりは、アルノー家というブルジョワジーに向かうほうが遥かに有り難かったからだ。

結局、ルネが貧民たちとの親和を図ったこと自体も、時代を読めば正しかったが、確固たる信頼関係を築くには既に遅すぎたのだろう。

もっと早く、市民の時代が来ることを読み取っておくべきだった。

アルノー家の力を使ってルネがやろうとしたことは、一種の社会改革だ。それは小さな種を蒔《ま》いているにすぎないが、せめてどんな風に成長するかくらいは見届けたかっただろう。

それを見せてやれないのは、ヴァレリーとしても残念だった。

本来ならば、ルネのような輩《やから》は家から叩きだすのが当然のはずだ。

けれども、狡猾《こうかつ》なはずのルネが持つ一種の純粋さと愚直さが、ヴァレリーには可愛く思えるのだ。

ルネだってただのずるい子供であれば、自分だけの幸福を優先するだろう。

けれども、彼はそれをよしとはせずに慈善事業について必死で考えてみたり、馬車に撥《は》ねられた浮浪児のためにジャン・ポールに食ってかかって自分の立場を悪くしたりもする。

そういう無鉄砲な無邪気さが、ルネの最大の魅力に違いない。

彼が今のままでいられるように、守ってやりたかった。

そのためには、フランスに留め置くのは危険だ。

フランスは戦争にきっと負ける。

ルネはプロイセンのスパイではないが、こういう騒ぎが起きても誰も守ってくれない。これから先、何かの拍子で断罪される可能性もあった。

だから、イギリス行きの船の手配をしてみたのだが、まさか小間使いを尾行するやつがいるというのは想定外だった。

ルネを助けたいと思うばかりに、ヴァレリーは己らしからぬ失策を犯し、アルノー家の看板に泥を塗ったのだ。

長らく手をかけてきた作品に、つい、傷をつけてしまった。

いずれにせよ、ルネの安全を確保するためには、ジルをこの家に連れ戻すのが一番だ。しかし、ジルだって馬鹿ではないし、この状況の家には戻らないだろう。

ならば、ルネを安全なところへ逃がす必要がある。

その工作を成し遂げるためには、ヴァレリーまで共に逃げるわけにはいかない。

この屋敷からジルだけでなくヴァレリーまでいなくなれば、周囲の疑いの目はますます強くなるからだ。

下手《へた》をすれば警察が動き、国を出ることなどままならなくなる可能性もあるだろう。

だから、どんなにルネが心配でも一緒に行くことはできなかった。

共に逃げるという選択肢を検討してしまった自分に、ヴァレリーは我ながらたじろいでいた。

「……馬鹿だな」

唐突に自分の目の前に現れた少年に、ヴァレリーは己の人生を揺るがされた。

ジルが清楚《せいそ》な百合《ゆり》なら、ルネは華麗な薔薇《ばら》だ。

そのどちらも違う魅力があり、いずれも咲き誇れば美しく、人を惹《ひ》きつけるだろう。

どちらをずっと眺めていたいのかと問われれば、それは明白だ。

最初から、ルネを選んでいた。

抗《あらが》いがたい魅力に惹《ひ》かれ、自分はルネを欲してしまったのだ。

11

欲しいもの、取っておきたいもの。

そうしたものは、ルネには何もなかった。

この屋敷に来て贅沢《ぜいたく》な暮らしをしてみたけれど、ルネが本気で欲しいと思ったものは一つだけだ。

ここにヴァレリーを詰め込めればいいのに、あんな大男が入るようなトランクはなかった。

それこそばらばら死体にでもしない限りは、無理な相談だ。

……笑われそうだな。

トランクに荷物を詰め込んでみたが、ルネにとっては欲しいものはわずかしかない。

もう一度何か金目のものでもないかとチェストを漁《あさ》る。しかし、ジルが集めていたものはルネには何ら興味がないものばかりだった。

「まったく、へましちまったぜ」

舌打ちをし、ルネは乱暴な調子で呟《つぶや》く。

背後で人の気配がしたように思うが、小間使いはもう下がらせている。ヴァレリーも神経質な顔で引き下がったし、今日はもう来ないだろう。

「……ルネ？」

「！」

まさか、と思った。

その声に弾《はじ》かれるように振り返ったルネは、幽霊でも見たのかと思った。

どうやってここに入り込んだ？

信じられない。

「おまえ……！」

ジルが、そこにいた。

「驚いたな。どうして、ここに」

「僕の家に、僕が帰ってくるのは当然だ」

思ったよりもずっと落ち着いた態度で、ジルはルネを見据えている。

暫《しば》し呆気《あっけ》にとられたルネだったが、すぐに自分を取り戻して口許《くちもと》を歪《ゆが》めた。

ルネがここに潜り込めたのだ。

パリを四か月近く生き抜いたジルが、そのような手練手管《てれんてくだ》を身につけたとしても、何らおかしいことはなかった。

「やれやれ、根性は据わったみたいだな。坊ちゃまだったのに、顔つきがすっかり変わってやがる」

「そっちこそ、少しは上品になったみたいだけど、もう鍍金《めっき》が剝《は》げてきてる。せっかく上流階級に馴染《なじ》んだんだから、言葉遣い覚えて帰ったら？」

「言うねえ」

皮肉まで一人前だ。

あのままやり込められて、素直に引き下がるのかと思っていた。

それか野垂《のた》れ死ぬかのどちらかなのだと。

でも、ジルはどちらでもなかった。

「で？　どうしてここに？　プロイセンのスパイの顔でも拝みに来たのか？」

「うん」

さすがにその冗談は笑えないと、ルネは露骨に顔をしかめる。すると、小さくジルが笑って「冗談だよ」と言った。

「おまえ、性格まで悪くなったな」

「かもしれない」

ジルはぺたりと寝台に腰を下ろし、躊躇《ためら》わずにルネを見上げてきた。

「君はどうするつもり？　見たところ荷造りしてるみたいだけど、イギリスと思わせておいてプロイセンにでも亡命する気？」

「スパイでもないのに、そんな墓穴を掘るようなことができるわけないだろ。それこそ身の破滅だ。途中で捕まったら死ぬしかない」

「じゃあ、ほかの国に行くってこと？」

「ああ。こんなところで悪運が尽きるとは思えないからね」

まだ行き先は決まっていないが、空元気でルネは笑い、トランクの蓋《ふた》をぱしっと閉じた。ほかに入れるものは、何もない。

悪銭身につかず、ルネに手に入れられるものは何一つなかったのだ。

こうして正当な主人が戻ってきた今、ヴァレリーのことは手放さなくてはいけなかった。

「おれはおれなりに、やりたいことがあった。でも、足を引っ張るやつがいる。こっちに落ち度はないのに、何の根拠もなく急に掌《てのひら》を返しやがった。おまけにおれが生娘《きむすめ》に乱暴したとか、そんな嘘八百を記事に書くんだぜ。信じられるかっていうの」

ルネが勢いに任せてくだらない愚痴《ぐち》をぶつけても、ジルは顔色一つ変えなかった。

「だから逃げるの？」

「逃げる？　かもしれないな。でも、おまえならどうする？　こんな状況になったときにさ」

「僕は立ち向かう」

ジルの返答は端的だった。

「ここにいたら殺されるかもしれないのに⁉　おれがスパイじゃないって証明するのは不可能だ！」

ヴァレリーの言葉を心中で思い返し、ルネはそう告げる。

馬鹿馬鹿しい、そんなことできるわけがない。

この家に忍び込み、久しぶりの我が家でジルは気が大きくなっただけだ。

いざルネと同じ立場に置かれたら、尻尾《しっぽ》を巻いて逃げるに決まっていた。

「どんな状況だって、味方してくれる人はいる。優しい人もいる。だから、僕は逃げたくないんだ」

「――おめでたいな」

ぽつりとルネは呟いた。

「おれは負けたんだ。それに、せっかく柄にもない人助けなんてしてみても、戦争で山ほど死人が出る。虚《むな》しいもんだ」

「ルネ……」

「所詮《しょせん》、悪銭じゃ何もできないってことだろうな」

また、愚痴だ。

どうしてこんな風に、後悔めいた言葉しか出てこないんだろう。

なぜ、ジルのほうが眩《まぶ》しく見えるのだろう。

貧乏のどん底に突き落とされ、不幸になったのはジルのほうだ。

なのに、比べてみればジルのほうがよほど強くなって戻ってきた。

ルネに比べれば、遥《はる》かに幸福そうではないか。

「わかったよ。とにかく、今は僕が身代わりになる。君が逃げたとしても、僕がジルとしてこの家にいれば問題ないだろ？」

信じがたい発言が鼓膜を打ち、ルネは目を瞠《みは》った。

この男は、何を言っているんだ？

この状況でジルがアルノー家に残れば、袋だたきに遭うに決まっている。ジルの才覚で、あの群衆を説得できるわけがないし、かといって手助けしてくれるようなものが誰もいないのは、ヴァレリーが手を拱《こまね》いていたことからもよくわかっていた。

「身代わり？」

「うん。僕はおばあさまを守らなくちゃいけない」

「どうしてだよ」

ほかに何も言えずに、押し殺したような声が漏《も》れる。

「君をここに引き込んだのは、僕だ。責任を取る必要がある」

「まったく、お人好しが過ぎるぜ」

「そうでもない。僕なりの打算の結果だ」

こんな風に命がけで身代わりになるというジルに、どんな打算があるというのか。

最下層の暮らしに堕《お》としてやったつもりなのに、ジルはまったく穢《けが》れずに戻ってきたのだ。

それどころか、最初のふわふわとした甘ったるいお坊ちゃんらしさは消え、紳士としての気丈ささすら身につけている。

そのとき、廊下から、こつこつと足音が聞こえてきた。

わずかにジルが身を強張《こわば》らせたのを感じたが、誰の足音かはわかっている。

それならば、最後に感動の主従の対面といこうではないか。

今のジルなら、ヴァレリーのお眼鏡《めがね》に適《かな》うはずだ。

ルネは用済みだと、ヴァレリーがはっきりと宣告してくれる。

そうすれば、生まれて初めて恋をした相手との別離も受け容れられるだろう。

いっそこれ以上ないというほどに、惨めになりたい。

ドアが開いた。

「騒がしいようですが、何かありましたか？」

細いドアの隙間《すきま》からヴァレリーが声をかけてくる。

この緊張感の中では眠れないだろうと、案じているに違いない。彼らしくない気の遣い方だった。

「平気」

「外は気にせずに、支度《したく》をしてください、ルネ」

初めてだ。

どうしよう……。

ヴァレリーが自分をルネと呼んでくれた。

嬉《うれ》しい。

胸が締めつけられるくらいに、嬉しくて。

最後の最後にこんな粋《いき》な贈り物をくれるなんて、喜びに壊れてしまいそうだ。

感動に打ち震えるルネは、傍らにいるジルが蒼白になっているのに気づいた。

そうか。

ジルは、ヴァレリーがルネをルネとして認識しているのを知ったのだ。

それは確かに衝撃的だろう。

色を失うジルを複雑な気分で眺めたあと、ルネは「それよりさ」と外のヴァレリーに向かって蓮《はす》っ葉《ぱ》に声をかけた。

「何ですか？」

「入ってこいよ。いいものを見せてやる」

ここで劇的な幕切れとなり、ルネにとってはお役御免となる瞬間だ。

それくらい決定的なほうが、未練がなくなっていいだろう。

一拍置いて、ドアが開いた。

迷いなく部屋の奥まで踏み込んできたヴァレリーはその灰色の目でルネを、そしてジルを交互に見た。

「坊ちゃまの帰還だ。おまえも嬉しいだろ、ヴァレリー」

「どうだか」

意外にもヴァレリーはため息をつき、ジルを見やった。

こんな反応は予想外で、ルネは心中で首を傾《かし》げる。

「どうして戻ってきたんです？ ここには、あなたを幸福にするものなど何もないのに」

ふらりと立ち上がり、ジルがヴァレリーに詰め寄った。

「ヴァレリー、おまえ……ルネとぐるだったのか？」

「ぐる？」

「ぐるになって、僕を追い出したのかって聞いてるんだ！」

「まさか。私はアルノー家を守るために仕えています。主人の人となりがどうであろうと、追い出す理由にはなりません」

ヴァレリーの一貫した主張を耳にして、ジルは信じられないとでも言いたげな顔になる。

さすがに、ヴァレリーのその言いぐさは冷たすぎる。

もっとあたたかな言葉で迎え入れてやらなくては、ジルだってつらいだろう。

「だったら、ルネがいいってこと？」

「それは未知数です。判断するより先に、私は仕事から逸《そ》れたところでこの人に興味を持ってしまった。職務を逸脱しすぎました。そのせいで彼が窮地に追いやられているのであれば、放っておけない」

――え？

信じられない言葉を耳にしたルネは、ヴァレリーを見やる。

どういう意味だ。

「その必要はない。ルネのことは、ダニエルが面倒を見る」

振り絞るような声でジルが言ったので、ルネははっと我に返った。

いったい何を言いたいのか、理解不能だ。

どうしてここで、ダニエルの名前が出てくるのだろう。

「は？　何、それ。どういうこと？」

「どうって……だって、ダニエルはルネを守りたがってる。ルネはダニエルと逃げないと」

ダニエルの名前が出るとジルは早口になり、それまでの堂々とした態度が揺らぐ。

この会話をしたくないようだが、その点を追及する余裕など、ルネにもなかった。

「何でおれがあいつと一緒に行くんだよ」

「ダニエルはルネを心配してる」

「そりゃ、友達だからな。でも、おれにはあいつを連れてく義理はない。おれはヴァレリーと逃げるって決めたんだ」

——しまった……！

勢いで自分の本音を告げてしまったけれど、ヴァレリーはそんなことは御免だと言うはずだ。

一度、既に彼の真意を確めたあとだというのに、自虐にもほどがある。

自分の指が冷たくなり、全身から血の気が引いていくのがわかった。

情けない。

勝負に出る以前の問題で、ルネは焦りのあまり方法を間違えてしまったのだ。

けれども、意外なことにヴァレリーは何も言わなかった。

辛辣《しんらつ》な否定がぶつけられると思いきや、彼は黙したままだ。

ちらりとルネがヴァレリーに視線を向けても、彼はいつもと同じ無表情を保っている。

「ヴァレリーと、ルネが……？」

呆然《ぼうぜん》とした調子で、ジルがそう呟いた。

「ダニエルだって、時計職人として頑張ってるんだ。今更どこかへ行こうとは思わないぜ」

誤魔化《ごまか》すように、ルネはダニエルの話を続けた。

今の自分の発言を、蒸し返されるのが怖かった。

「じゃあ、どうして……」

「ん？」

「何で僕がここに来るのを助けてくれたんだろう」

「そんなのダニエルにしかわからないよ。でも、ま、おまえに絆《ほだ》されたんじゃないのか？」

ダニエルがジルを気に入り、可愛がるであろうことは予想がついていた。

それでも託してしまったのは、他に信用できるやつがいなかったからだ。

「僕に？」

「そ。ヴァレリーみたいにね」

ここでヴァレリーを引き合いに出すのは、反応を確かめるためだ。

けれども、ヴァレリーは咳払いをしただけで、平然と口を開いた。

「ともかく、ここから逃げだすのは容易ではありません。人目もあるし、切符を買うのもままならない」

「切符ならあるよ」

ジルはそう言って、ルネに封筒を差し出す。

「これは？」

封筒を受け取り、ルネは中身を確かめる。

「ニューヨーク行きじゃないか。しかも二枚。あんたにしちゃ気が利いてるな」

「ダニエルが買ってきてくれた」

三日後にル・アーヴルから出航する便で、これが一番早いのだろう。

「……なら、有り難くご厚意受け取っておくよ」

もう一枚の切符の使い道は決まっていないが、それはあとで考えればいい。

「でも、どうやっておれたちをここから出すつもりだ？」

「僕に、考えがある」

それまでの動揺を捨て去ったらしく、表情を引き締めて凜《りん》と言い切ったジルは、不意に視線を執事に向けた。

「ヴァレリー」

「何ですか、ジル様」

ヴァレリーが冷ややかな声で問う。

「髪を切ってくれない？　ルネに比べて、僕は髪が伸びすぎてるみたいだ」

「わかりました」

軽く頷《うなず》いたヴァレリーは「鋏《はさみ》を取ってまいります」と答えて、てきぱきと部屋から出ていく。

また、二人きりになった。

「……おまえ、本気で上手《うま》くいくと思ってんのか？」

「わからない」

「じゃあ、どうして」

「わかりきった未来なんて面白くないよ。いつもそう思ってた。違うレールを敷いてみたいって。君に出会って、僕はそれを知ったんだ」

「だからってなあ……」

ふう、とルネは息を吐いた。

「いけ好かないお坊ちゃまだと思ってたけど、最後までそうだな、おまえ」

「僕だって君のことは好きじゃないよ」

澄まし顔で答えたジルに、ルネは「好きになってほしいなんて思ってない」と返す。

だって自分とジルは友達でも何でもない。

じゃあ、何だろう。

言葉では言い表せず、ルネは珍しく無言になった。


翌朝。

ルネの見守る前でジルは新しい下着に袖《そで》を通し、シャツを身につける。ネクタイを締め、ジャケットとズボンに着替えた。

少し手足が短い気がするのは、このあいだに身長が伸びたのだろう。

毅然《きぜん》とした表情は、初めて会ったときのルネからは想像もつかないものだった。

その様子を、椅子《いす》に腰掛けたルネは呆《あき》れた面持ちで見守っている。

「本当にやるのか」

「当たり前だ。そうでなければ、お互いに活路はない」

大した覚悟だった。

ルネとしてはヴァレリーの口から言葉を引き出せただけで満足だ。

……まるで生娘《きむすめ》みたいな、自分らしくない純情っぷりだ。

ヴァレリーの言葉を胸に、本人のことは諦《あきら》めて立ち去るなんて。

祖母に挨拶をしにいったジルを見送り、ルネは大きく伸びをする。小間使いには部屋の掃除はしなくていいと言ってあるので、暫《しばら》くこの部屋にいても大丈夫だ。

ジルの作戦はこうだ。

群衆たちも、何の統率もなく集まっているわけではない。そこで、連中の中でリーダー格であるアンリを呼んで話し合いをする。

彼らがそれに気を取られているあいだに、出入りの商人の馬車に乗り込み、屋敷から出ていく——と。

要は、ジルがこの屋敷を出たときと同じことを繰り返すわけだ。

アンリのことはルネも話だけは聞いていたので、人となりは知っている。上手くいけば、話し合いは成功するだろう。

だが、その可能性は三割ほどのものだ。

アンリは柔和な性格の人物なので、烏合《うごう》の衆《しゅう》を押さえきれなければかえって暴発させてしまう危険性がある。

そこを乗り越えたとしても、次の関門は汽車だ。

馬車のまま城外には出られないので、汽車で港のあるル・アーヴルへ向かい、そこから船に乗り、アメリカへ渡る。

いくつもの無理がある計画だけに、不安は尽きなかった。

「ルネ」

扉が開き、ヴァレリーが入ってきた。

今日は堂々と名前を呼ばれたので、どきっとしてしまう。

何度名前を呼ばれても、慣れなかった。

「なに？」

「支度はできましたか」

「できてるよ。どうせ持ち物なんてろくにないし」

ヴァレリーは珍しく執事服ではない衣装に身を包み、その美しさに見蕩《みと》れそうになる。

「では、下で準備を」

「わかってる」

ルネは立ち上がり、そして、ヴァレリーに向き直った。

「ありがとな」

「礼を言うなら、もっとはっきり言ってください。それでは、捨て台詞《ぜりふ》と同じです」

「ありがとう、ヴァレリー。ここまで楽しめたのも、あんたのおかげだ」

それを耳にしたヴァレリーは、眉を顰《ひそ》めた。

「まるでこれが最後のようですね」

「最後だろ。あんたがおれと来ないのはわかってる」

ルネの言い分を聞いたヴァレリーは、小さく息を吐いた。

それが何のためのため息なのか、ルネにはわからない。

「——確かに、あなたはどうしようもない人です。嘘つきで、ペテン師で、下品で何よりも罪深い」

「悪かったな」

「でも、一目見たときからあなたに惹《ひ》きつけられていました」

「は？」

すごく大事なことを言われているのに、信じられなくて、ルネは聞き返した。

「最初から、私はあなたを選んでいました。ジル様よりも、あなたに惹かれたときから」

告白、されているのか……？

「あなたをこの家の主に相応しく仕立てるのは、私なりのこの家への復讐《ふくしゅう》でした。ですが、もう気が済みました。この街を追われるのは、私の受けるべき罰でもある」

呆然《ぼうぜん》と立ち尽くすルネに、ヴァレリーは真摯《しんし》な顔つきで聞いた。

「あなたが切り開く未来を私に見せてくれますか。それならば、私はあなたと共に行きましょう」

「……ジルは、いいのかよ。それに本当は、あいつの居所もわかってたんじゃないのか？だとしたら、罰を受けるほどじゃない」

ジルの出現をあまりに自然に受け容れたヴァレリーを見たときから、その疑念を抱いていたので、つい拗《す》ねた口ぶりになってしまう。

「一時でも、心が揺らぎましたから、罪は罪だ。それに、あの方は、新しい執事がいれば何とかなるでしょう。だいぶ成長したのはわかりますし、よい友人もできたようだ」

「あんたは落ちぶれるんだ、おれと来れば」

「そうでしょうね。ですが、それもまた面白い」

落魄《らくはく》する身とわかっていてついてくるとは、真面目《まじめ》なヴァレリーらしくない。

「あんたらしくないよ、そんなの……」

「あなたに惹かれたときから、私はとっくにおかしくなっていますよ」

さらりと答えられて、視界がぼやけそうになる。

泣いてしまいそうだなんて、それこそ一番自分らしくない行為だった。

「もういいでしょう？　我々は一緒に行く——それだけの話です」

「荷造りは？」

「済ませています。大して持ち物もありませんし、一晩あれば十分ですよ」

零《こぼ》れそうになる涙を拭《ぬぐ》うことで無理やり引っ込めて、ルネは決然と顔を上げた。

「だったら、おれがあんたを連れて逃げる。嫌だって言っても、離さない」

「結構です」

二人でなら、行ける気がする。

怖いけれど、不安だけど、それでも。

けれども、やるしかない。

ルネは表情を引き締めた。

「行こう、ヴァレリー」

「ええ」

怖いけれど、でも、どこへでも行けるような気がする——ヴァレリーと一緒なら。

居間に足を向けると、長椅子に腰を下ろしたジルが神妙な顔で外を見つめている。

「どうなさるのですか」

ヴァレリーがこうして主人に声をかけるのは、本当に久しぶりのことだった。

「僕が話をしてみる。ヴァレリーは支度をして」

「ですが、あなた一人では」

ルネにはああ言ったものの、ジルにはこの家とマリーを守れるのだろうか。

「何とかなるよ。僕さえこの家にいれば、彼らは問題ないんだもの。あとは連中の目を僕に引きつけておけば完璧だ」

自信ありげな言葉は、今までのジルとはまるで違っている。

「……ジル様」

ヴァレリーは低い声で名を呼び、自然とその場に片膝を突いた。

「あなたが成人になるまでお仕えできないことを、お許しください」

「——許す」

短いが、強い声だった。

万感の思いが込められたようなその声に、ヴァレリーはゆっくりと顔を上げた。

自分の知らないところで、ジルは成長したのだ。

そして、それにはヴァレリーの存在は無用のものだ。

そのことを痛感する。

ジルに必要なのは、ヴァレリーではなかった。

そして、ヴァレリーに必要なのもジルではなかったのだ。

ルネに出会わなければ、ヴァレリーはそのことに生涯気づかなかったに違いない。

「ありがとうございます。立派になりましたね」

つい、今までかけたことのなかったような、優しい言葉が唇から零れる。

「アルノー家の当主には相応しい？」

冗談めかしてジルが問うたので、おかしくなったヴァレリーは微《かす》かに笑んだ。

「まだまだです。でも、素質はある」

自分が大切にしていた精緻な箱庭の完成形を、見届けられないのは残念だった。

「ありがとう、ヴァレリー。元気でね」

「はい」

「さよなら、ルネをよろしく」

ジルはそう言って立ち上がると、もう、こちらを見ようともしなかった。彼はそのまま居間を出ていってしまう。

別れがことさら湿っぽいものにならずに済み、ヴァレリーはそれを感謝した。

そして最後に、主《あるじ》のそれらしい姿を見られたことが嬉しくもあり、淋《さび》しくもあった。

これから、もう一人に挨拶をしなくてはいけない。

ヴァレリーは背筋を伸ばし、女主人の部屋へ向かった。

「マリー様」

女主人の部屋を訪れると、長らく仕えてきた彼女は緩慢に視線を向けた。

このところ体調が優れないようでそれを日々案じていたが、あとはジルに任せればいいだろう。

「私はおいとまを頂きたく思います」

「存外、遅かったねえ」

それがマリーの返事だった。

「そうでしょうか」

「おまえのことは気に入っていたが、執事の器じゃないからね。いつか辞めると思っていたよ」

「申し訳ありません」

「退職金の算段はあるのかい」

「ジル様が用意してくれました」

あのアメリカ行きの二枚の切符。

それだけで十二分で、おつりがくるほどだ。

「そうかい、あの子もしっかりしたこと」

マリーは呟き、そして笑みを浮かべた。

「いいだろ、しっかりおやり」

「はい。新しい執事は、ジル様が見つけてくるでしょう」

「そうだね。当主が変わるなら、執事も変えたほうがいいかもしれないわ」

マリーは微かに頷き、そして、怠《だる》そうに目を閉じる。

「幸せにおなり」

「え?」

「何でもないよ。おやすみ」

そのまま彼女は寝息を立てはじめたので、ヴァレリーは主のもとを後にした。


商人が荷物を運んできた馬車は、ひどく臭いし埃《ほこり》っぽかった。居心地の悪さを我慢し、ルネとヴァレリーはその樽と樽のあいだに身を隠す。

思えば、ジルをこの家から脱出させるときも同じ作戦だった。

子供っぽくてくだらなくて、こんなことで人の目を誤魔化せるのだろうか。

だけど、信じるほかない。

「ジル様、ヴァレリーさんが見当たらないのですが」

使用人の声が聞こえ、樽の陰に身を潜めていたルネは息を呑む。

「ヴァレリーには僕の用事を頼んだんだ。心配せずに、お茶の用意をしてくれる？」

ジルは外にいる群衆をまとめるアンリと話をし、この状況を好転させるべく試みるのだという。あれほどの群衆がお茶を一杯飲む程度で引き下がるとは思えないが、こうなった以上はジルに縋《すが》るほかない。

「はい、かしこまりました」

やはりジルは、この家の御曹司《おんぞうし》なのだ。

そう思ってルネがヴァレリーを見やると、苦労して馬車の中で居場所を作った彼が眉間に皺を寄せている。

「どうした？」

「……いえ、何でもありません。ただ、これで最後なのだと思うと感慨深くなりました」

潜められた声に、ルネは「そうだな」と短い相槌《あいづち》を打った。

普通であれば、長年勤めていた屋敷を後にするときはそれなりの花道が用意されるであろうに、ヴァレリーはこうしてルネとともに追われるようにこの家を後にするのだ。

黙り込んだまま、どれほど座っていただろうか。

突然、馬車が動きだした。

ここからが勝負だ。

馬車が長い車寄せを抜けて、正門へ向かうのは気配でわかった。普通は通用門を使うのだが、今回は暴徒たちが人の自由な出入りを検閲し、何かないかと手ぐすねを引いて待っている。

だからこそ、失敗はできない。

馬車が門に近づいているのか、次第に邸宅を囲む人々の話し声が鮮明に聞こえるようになり、ルネは目を閉じた。

「馬車が来るぞ！」

外からそんな声が聞こえてくる。

「この馬車はどうする？　荷台を見るか？」

誰かが怒鳴る声に心臓が竦み、ルネはまさに手に汗を握っていた。

「ちょっと待って」

その声とともに、馬車が停まった。

――怖い。

息をするのも、憚《はばか》られる。

外でのやり取りが完全には聞こえないからこそ、ルネの緊張と恐怖は最大限に高まっていた。

自分の失態でルネ自身に被害が及ぶならまだしも、ヴァレリーまで巻き込むのは洒落にならない。何とかヴァレリーだけでも逃がせないだろうか。

ヴァレリーはといえば、まるで無表情に前だけを見つめていた。

永遠とも思える数分間が過ぎていく。

「アンリ！　馬車はどうする？」

「え？　ああ、もう調べなくていいだろ」

信じがたい台詞が、耳を打つ。おそらく、ジルが説得に成功し、この馬車を通すことにしたに違いない。

目をぎゅっと瞑ったルネをよそに、馬車が再び走り出す。耳を欹《そばだ》てていると、自然と喧噪から遠のいていくようだ。

全身から力が抜けていき、ルネははあと大きく息を吐きつつ樽《たる》にもたれかかった。

こんな狭い空間に閉じ込められてもしかつめらしく執事の顔をしているヴァレリーは、何も言わなかった。

夏の外気のせいもあり、汗が滲《にじ》んでくる。

ルネはしきりにハンカチーフで顔を拭《ぬぐ》ったが、怖くてヴァレリーの顔を見られなかった。

しかし、手を伸ばしたヴァレリーが、ふと。

自分の手をそっと握ってくれた。

「………」

顔を上げるとヴァレリーは頷く。

彼が何かを言いかけたとき、突然、馬車が停《と》まった。

あらかじめ調べておいたとおりに、御者はここで休憩を入れるのだ。

「行きますよ」

ヴァレリーが小声で告げたので、ルネは頷く。トランクを摑《つか》むと幌《ほろ》の両側から、二人で思い切り飛び降りた。


帽子を目深《まぶか》に被《かぶ》って極力顔を隠した二人は、それぞればらばらにサン＝ラザール駅を目指した。

一緒に行動しては、目立ちすぎるからだ。

パリはいくつもの路線が乗り入れているが、サン＝ラザール駅からは西部鉄道という線が出ており、そこから急行でル・アーヴルへ向かうことができた。

長年暮らした街のことを思い、ルネはしんみりとしてしまう。

だが、このままパリに居続けたところでルネに活路はないのだ。

駅は既《すで》に人々でごった返していた。

十八時半発の夜行で、明朝には港町として知られる北フランスの駅に着く。

ル・アーヴルはパリから一番近い海水浴場として知られ、戦争でなければもっと多くの人が詰めかけていただろう。心なし駅には上流階級の連中が多いようだ。

ここでは客車に乗るまではヴァレリーと離れて行動することにし、見つからないように、ルネは帽子を被り直した。

「あれ、ジルじゃないか！」

誰かに目敏く声をかけられたものの、ルネは反応しないように努めた。

今の自分は、ジルじゃない。

ルネだ。

それから、ルネは時間ぎりぎりになって指定されていた個室に滑り込んだ。

ヴァレリーは既に個室の中におり、難しい顔で新聞を読んでいる。

ルネが乗り込んでも、ちらと視線を上げただけだ。

「おれ、汽車って初めてだ」

おまけに個室なのだから、想像以上に贅沢《ぜいたく》な旅だ。逃亡者とは思えない。

車両は一つ一つ独立しており、化粧室や食堂は存在しない。途中の駅で停車時間を見計らい、何かあればそこで済ませる必要があった。

「まだ安心はできません」

ルネより先に乗ったくせに、手際よく水やら食糧やらを買い込んできたヴァレリーは、神妙な顔つきだった。

「わかってるよ」

ルネは唇を尖《とが》らせ、自分の向かいに腰を下ろすヴァレリーを見つめた。

「——でも、本当に、いいわけ？」

「何が？」

「今までの自分を捨てておれみたいな負け犬と来てもいいのかってこと」

「…………」

ヴァレリーは一度息を吐き、そして頷いた。

「仕方ないでしょう。もう捨ててしまった」

「もう⁉」

驚きに目を見開く。

「あなたはまだなんですか？」

「——おれは、ジルになったときから名前も、自分の過去も、全部捨ててた。もう一度拾うなんて、思ってもみなかった」

呟くように言ったルネは、それきり瞬《まばた》きをする。

何を言えばいいのか、わからなかった。

「生憎《あいにく》ですが、ジル様にはなれていませんでしたよ」

「上手くやったつもりだったけど」

「いいえ、あなたはあなただった。ジル様とは違う個性で、人を魅了する」

「珍しいね。褒めてるの？」

「事実を述べたまでです」

鋭い調子で汽笛が鳴り、ルネははっと窓の外を眺める。

汽車の発車時間になったのだ。

心臓が早鐘のように動いている。

ここで誰にも見つからなければ、パリから逃げ出せる。

ルネが何も言えずに押し黙っていると、汽車がゆっくりと動きだした。

「もう一度、もとに戻ったご感想は？」

「あまり実感がないよ」

「そうですか」

汽車が汽笛を鳴らして次第に加速していく。

一刻も早く、この街から離れたい。

早く——早く……‼

無言のまま、何時間も経ったような気がした。

「——パリを抜けましたね」

「うん……」

安堵《あんど》から、全身の力が抜けていく。

張り詰めていた心の糸が緩んで、ルネはいつしかうつらうつらしていた。

こつんとヴァレリーの肩に額《ひたい》をぶつけて、自分の姿勢に気づいてはっとする。

「ごめん」

「いいですよ、このままで」

「珍しく、優しいな」

「もう厳しくする理由はありませんから」

それがどういう意味かわからなかったけれど、追求するには今は眠すぎて。

「……じゃあ、寝る」

「ええ」

寝るにはまだ早い時刻だったが、緊張して体力を磨《す》り減らしていたので、全身が泥に沈んだように疲れていた。

夢は見なかった。

ゆさゆさと肩を揺らされて、ルネは眠い目を擦《こす》った。

「ん……なに？　もう着いた？」

「まだ途中ですが、起きてください。外の様子がおかしい」

慌てて窓に張りついて外を見ると、確かにホームには駅員が何人もいる。

「ジルのやつ、失敗したのか？」

「わかりません」

神妙な顔でヴァレリーは呟き、そして「様子を見てきます」と毅然とした顔で言った。

「じゃあ、おれも」

「あなたはここにいてください」

「嫌だ。一緒に行く」

ルネは強硬に言い張り、ヴァレリーの後をくっついて降車した。

これを最後に暫く停車駅がないので、皆は用を足したり食糧を確保したりと、それぞれ思い思いに行動するようだった。

「ル・アーヴル行きの方ですか」

「ええ」

「停車が長いようですが、どうしたんでしょうか」

ヴァレリーが乗客と思《おぼ》しき女性に問うと、彼女は「何か手配書が回ってきたみたいなの」と答える。

「手配書？」

「ええ、そう。詳しいことはわからないんですけど」

ひやりとした。

もうこれ以上心臓が痛くなることなんてないと思っていたのに、だめだ。

胸がおかしい。

ルネは言葉もなく、蒼褪《あおざ》めたままヴァレリーを見上げた。

「戻っていなさい」

ヴァレリーは短く命じる。

「嫌だ」

何かあったら、ここでヴァレリーと引き離されてしまうかもしれない。

「ちゃんとあなたを目的地まで行けるよう手配します」

「手配じゃ嫌だ。おれはあんたと行きたいんだ！」

ルネが押し殺した声で、それでも強く言い切ると、ヴァレリーは微かに目を瞠る。

そして、ため息をついた。

「強情だ」

「仕方ないだろ。優しくて可愛いお坊ちゃんより、あんたはおれを選んだんだから」

これがルネという人間なのだから。

「おい、そこの二人！」

つかつかと近づいてきた駅員に声をかけられ、びくりとするルネを庇《かば》うようにヴァレリーが立ちはだかった。

「何でしょうか」

「手配書が回ってるんだ」

「警察からですか？」

ヴァレリーが丁重な口調で問うと、駅員は横柄に頷いた。

「金髪の少年を捜せっていうお達しだ。金髪碧眼《へきがん》、身長は……ぴったりだな」

誰かが、先回りをして電報を打っていたようだ。

でも、いったい誰の仕業《しわざ》だろう。

「パスポートがある。僕はルネ・メリエスだ」

「見せてみろ」

ひったくるようにパスポートを奪われ、ルネはひやりとする。

「ルネじゃないな、ジルって名前だ。確か、あの方が駅のホームでル・アーヴル行きに乗るのを見かけたって話だが……」

街灯の下で彼らはパスポートの文字を読み、困ったように顔を見合わせている。

「パスポートは偽物かもしれないぜ。来い、今からならパリ行きの汽車に乗せられる」

どうしよう。

唇を噛み締めてルネが俯《うつむ》いたとき、ヴァレリーが意外な行動に出た。

ヴァレリーがルネの肩を掴み、ぐっと自分に向けて近寄せたのだ。抱き寄せられるかたちになったルネはまじまじと目を瞠る。

ヴァレリーの手が、熱い。

「この方は私の同行者です。せめて捕まる理由をお知らせください」

「それは」

言いづらそうに二人は顔を見合わせる。

「警察でしたら、きちんと行きます。手配は警察から回っているのですか？　もし間違いがあるようでしたら、告訴も辞さぬつもりです」

ヴァレリーの声は真剣そのものだった。

「警察じゃない。うちの役員からだ。駅までおまえを見かけたと」

役員という言葉に、ぴんときた。

ジャン・ポールだ。ジルが逃亡すると誤解し、一泡吹かせようと画策したに違いない。

「少年の詐欺師《さぎし》が鉄道に乗ったって連絡だ。言うことを聞かないのなら、警察沙汰《ざた》にしてもいいと言っている」

「脅すつもりですか」

ヴァレリーの声は冷ややかだった。

「いいから、来い」

制服を着た男が乱暴にルネの腕を摑み、力任せに引っ張ったが、ヴァレリーはルネを抱き締めたまま離さなかった。

「あっ」

痛い。

躰が千切《ちぎ》れてしまいそうだ。

そんな風に抱き竦められたら、どうすればいいのかわからなくなる。

「いい加減にしろ」

「正当な理由なしに拘束されるわけにはいきません」

「じゃあ、一緒に来てもらおうか。これ以上汽車を停められないからな」

駅員がうんざりした調子で言ったのに対し、ヴァレリーは「結構です」と答える。

どうしよう。

ここでヴァレリーと離れたくないのは事実だが、かといって、彼に迷惑をかけたくもない。

「ヴァレリー」

「構いません」

表情を引き締めたヴァレリーは、それでいて優しいまなざしで告げた。

「これは私の我儘《わがまま》です」

一緒に破滅するのは、嫌だ。

そう言いたいのに、言葉にならない。

ヴァレリーの誠意が、染《し》み通るように伝わってくるから。

やっぱりこの人は共犯なんだ。

自分にとっての大事な存在。

大切な、相棒。

二人のあいだには、以前にはなかった何かがあるはずだ。

「おい！」

駅舎の方角からばたばたと別の職員が駆け足でやって来た。

「どうした？」

「電報だ。誤報だったらしい、拘束せよっていうのは」

「……何だ、そうなのか？」

拍子抜けしたように、彼らは顔を見合わせる。

「ああ。さっさと汽車を出発させろってお達しだ」

「わかった」

彼らはばつが悪そうな顔で咳払いし、「行ってもいいぞ」と告げる。

悪いのは駅員ではなくて無茶な命令をしたジャン・ポールだ。おそらくアルノー家にジルがいるかを確かめ、慌てて命令を撤回したのだろう。事情を知らない彼らに文句を言うつもりにはなれなかった。

「意外と、無茶をするんだな」

取り残されたルネがヴァレリーに話しかけると、彼は澄まし顔で首肯する。

「あなたを船に乗せるためなら、多少の無理もします」

「何度も言っただろ。一人じゃ嫌だって」

ルネはきっぱりと言い切り、潤んだ目でヴァレリーを見上げた。

「一緒に行きたいんだ」

「私と？」

「ほかに誰もいないよ」

ヴァレリーの言葉がおかしくて、ルネは思わず笑ってしまった。

泣くよりも、笑って旅立つほうが遥《はる》かに自分らしい。

汽車が出発の合図を送ったので、ルネはヴァレリーに「急がなきゃ」と促《うなが》した。

12

「……海が光ってる」

小さく呟《つぶや》いたルネを見やり、ヴァレリーは「ええ」と素《そ》っ気《け》なく答える。

夜の甲板《かんぱん》は危ないので、あまり出歩かないほうがいいと言われている。

だが、最初の一夜くらいは船の中を冒険してみたかった。

「夕陽が反射していますね」

「意外と情緒《じょうちょ》がないよな」

ルネはため息をついた。

一度、駅で足止めを食ったときは焦ってしまったものの、その後は特に問題なく船に乗ることができた。

「おれ、賭けに負けたんだよね」

ぽつりと呟くルネに、ヴァレリーは「どうでしょう」と首を傾《かし》げた。

「それとも、私が同行したのでは、負けという意味ですか？」

低く麗しい声が鼓膜を擽《くすぐ》り、ルネは小さく笑った。

もしかしたら、ヴァレリーは少し拗《す》ねているのかもしれない。

「そうじゃないよ。でも、何でついてきてくれたのか、まだよくわからない」

それを耳にしたヴァレリーは苦い顔になり、ルネを見つめた。

「あなたを私の主に相応《ふさわ》しい人間だと見込んだ——というのは？」

「ちょっと嘘っぽいよ」

冗談めかしてルネが指摘すると、ヴァレリーは肩を竦《すく》めた。

「では、どういう言葉なら信じますか」

「愛の告白とか」

ヴァレリーの気持ちは、何となくわかっている。

好意がなければ、こんな状況でついてきてくれないだろうということも。

だけど、やっぱり言葉が欲しい。

打算でも計算でもなく、感情で繋《つな》がっていると信じたい。

「それは気づきませんでした。——好きだと言ってほしいんですか？」

「そう！」

ルネは澄ました顔を作るのを忘れ、勢い込んでしまう。

「でも、あなただって言っていないでしょう」

「……そうだったっけ」

眉を顰《ひそ》めて考え込むルネに、ヴァレリーは珍しく唇を綻ばせた。

風が強く吹きつけてきた。

気づくと、太陽はもうすっかり沈みかけている。

「さあ、いつまでも外にいると風邪を引く。戻りましょう」

「…嫌だ」

「どうして」

「戻るとあんたのことを欲しくなる。でも、あんたは？」

ヴァレリーは不意にルネの腕を摑《つか》み、そのまま引き寄せた。

「あっ」

転びかけたルネを胸で受け止める。

「何、しやが……」

両手で頰《ほお》を包み込まれたルネは、ヴァレリーの端整な顔が近づいてくるのに気づいて口を噤《つぐ》んだ。

唇が、触れる。

キスだ。

初めての……キス。

「ヴァレリー……」

「これが答えです」

冷静そのものの顔で答えるヴァレリーの顔は、至近距離過ぎてぼやけている。それとも、自分の視界が涙でぼけてしまっているのだろうか。

「ずるいよ」

「言葉にならない思いという意味です。それくらいの洒落《しゃれ》は……」

「洒落じゃなくていいんだよ。こういうときは、ちゃんと言って」

「好きです」

間髪《かんはつ》容《い》れずに浴びせられる言葉に、ルネは腰が抜けそうになってしまう。

「あなたが好きだ。だから、ここまで来た——これで、いいですか?」

一息に言われて、耳から溶けてしまいそうだ。

自分がこんなに弱くて甘ったるい人間だったなんて、ルネはこれまで知らなかった。

「それが本当なら」

「神に懸けて」

ヴァレリーがやけに神妙な顔で言い切った。

「もう一度、して」

「誓いのキスは一度だけなのでは？」

「じゃあ、おれからする」

背伸びをしたルネは、今度は自分からヴァレリーの唇に自分のそれを押しつける。

二回、三回とぶつけているうちに、ヴァレリーが両手で頬を包み込んできた。

「悪いひとだ」

「何が？」

「誘惑が上手《うま》い」

囁いたヴァレリーがルネの唇を舐《な》めて、開けるように促《うなが》す。口を軽く開けると、蛇のようになめらかに彼の舌が入り込んできた。

「んぅ……っ」

絡《から》められた舌はひどく熱く、そしてなめらかで。

気持ちが、いい……。

目を閉じたルネはヴァレリーのくちづけに身を委《ゆだ》ね、熱く息を吐きながら躰《からだ》をくねらせた。

昂奮しきったまま船室に戻ると、ルネはもじもじしながら寝台に腰を下ろした。

狭い船室だったが、夜になればベッドにしか用事がないのだから、気にならなかった。

「そそりますね」

「な、何が？」

「いつも私に挑むばかりのあなたが、今日は新妻のように貞淑だ」

からかう口ぶりに、ルネは首を傾《かし》げた。

「つまり、もっと大胆に挑んでほしいの？」

「いえ、新妻でお願いしますよ」

ヴァレリーは寝台に片膝を突き、もう一度ルネの唇を奪う。

「ん、ん……ヴァレリー……」

キスは気持ちがよかった。

滅多にこんな深い接吻《せっぷん》をしたことがないという理由もあるし、それに、焦がれていた相手と今夜初めてキスをしたのだ。

なめらかな舌が口腔を這《は》い回り、自由自在に蠢《うごめ》く。

まるで、ルネの口の中がどこもかしこも自分のものだと主張するかのような動きで。

そう思った瞬間から、独占されているという悦《よろこ》びに打たれ、ルネは加速度的に自分の感度が上がるのを認識した。

「…む、ん…ん……んふ、ん……も……」

これ以上されていたら、くちづけだけで達してしまう。それくらいにルネは昂奮しきっており、前立ては張り詰めていた。

「……ルネ？」

怪訝《けげん》そうな声を上げて顔を離したヴァレリーは、それからルネの状態に気づき、「ああ」とからかうように告げ、下腹部を右手で押した。

「あうっ」

鋭い声が溢《あふ》れ、ルネはびくびくと上体を撓《しな》らせる。

「ひあ……あ……」

「まさか、これで達したのですか？」

「ひどい……」

「すみません。あなたがこんなにキスを好きだとは、知らなくて」

「キ……」

キスが好きなわけじゃない。

ヴァレリーとこうするのがたまらなく好きで、好きで、どうしようもなくなってしまうだけだ。

そう言うのも悔しくて、ルネは潤んだ瞳でヴァレリーを睨《にら》みつける。

「——何となくわかりました」

「え？」

「あなたが私をとても好きだということが」

ヴァレリーは小さく笑って、ルネの鼻を軽く噛《か》んだ。

「ッ」

「痛いですか？　痛いのも好きでしょう？」

「そうじゃない」

「好きじゃないんですか？」

詰問されて、ルネはつい「どっちが」と口籠《くちごも》る。

「私のことと、痛いのと」

「……どっちも」

俯《うつむ》いたルネは頬《ほお》を染め、耳まで赤くなってヴァレリーを睨んだ。

「どっちも好きだから、生殺しはよせよ」

「わかりました。では、脱がせてあげますよ」

「えっ⁉」

そこからヴァレリーは、ルネの服を一枚一枚脱がせてくれた。どうせルネは射精したあとの虚脱感で動けなかったので、ヴァレリーのなすがままだ。

ネクタイ、ベスト、シャツ、ズボン、靴、靴下……。

「ま、待って」

さすがに蜜液でべとべとになった下着に触れられるのは嫌だったが、軽くいなされ、ヴァレリーに剝《は》ぎ取られてしまう。

「たっぷり出したようだ」

「仕方ないだろ。久しぶりだったし……」

「自分でしなかったんですか？」

「するわけ、ない……そんなこと……」

真っ赤になったルネが俯いている隙《すき》に、ヴァレリーがさっさと自分の服を脱いでいく。

「ヴァレリー!?」

「はい」

真顔になったヴァレリーの全裸を見てしまい、ルネは思わず目を逸《そ》らした。

ヴァレリーは片眼鏡《モノクル》を外し、素顔を晒《さら》している。

男らしく精悍《せいかん》な美貌《びぼう》に、ルネは暫《しば》し見惚《みほ》れた。

この男が自分のものになるなんて、信じられなかった。

「何ですか？」

「い、いや……正視するのが……」

「これまで何度私と寝たと思っているんです？」

「それとこれは別だ」

今までの行為は全部契約のためで、好意からではなかった。

だから、いざ、こうして愛情に基づいた性行為をするというのはルネにとっては未知の領域で、怯《ひる》んでしまう。

「どうして」

「初めて、だから……」

「何がです？」

「好きな人と、するの……初めてなんだ。だから」

明後日《あさって》の方角を見ながら、ルネは懸命に言い募った。

「わかりました」

ヴァレリーは頷《うなず》き、そして唇を綻《ほころ》ばせる。

こんなに優しくて蕩《とろ》けそうなヴァレリーの顔を見るのは、初めてだった。

「わかったって、何が？」

「とても丁寧にあなたを抱きます。あなたが乱暴にしてほしいと泣いて許しを請うくらいに」

「えっ⁉」

「冗談ですよ」

ヴァレリーは微笑《ほほえ》む。

「とても丁寧に可愛がりたいのは、本当ですが」

付け足したヴァレリーは、ルネの小さな胸の突起を指で摘《つ》まんだ。

しなやかな指でそれを挟み込み、くりくりと捩《ねじ》るようにして指を動かす。

「アッ……？」

「ここが真っ赤になるくらいに、可愛がりますよ」

「は……あ……」

「ほら、もう芯が通ってきた。少し早すぎますが」

「え？　なに、あ、あっ、やだ、押すな…っ…」

組み敷かれて乳首を弄《いじ》られるルネの唇からは絹を裂くような悲鳴が溢《あふ》れたが、ヴァレリーはお構いなしだった。

「硬くなって、いい具合ですね。これは虐《いじ》め甲斐《がい》がある」

「ん、んっ、痛い」

「痛くないでしょう？　もう勃《た》ってきていますよ？」

「これ、は……単なる、生理現象……」

「つまり快感だと思っているのでしょう？」

ヴァレリーは意地悪に指摘し、膝頭《ひざがしら》でルネの尻を刺激してくる。

「ちが、胸、じゃな……あ、あっ……あんっ」

「では、こちらが？」

「あー……ッ！　だめ、あ、や、やだ、ヴァレリー、あ、あう、あん、ああッ」

戯《たわむ》れに膝でふくろのあたりを押されて、ルネの声は甘く弾んだ。

自分でも何を言っているのかわからないくらいに、もう、何もかもが乱れて。

「残念ですね。こうして丁寧に揉《も》んであげるよりも、膝でぞんざいに刺激されるほうが悦《よろこ》んでもらえるようだ」

「やんっ、やめるな、胸、いい、ちくび、い、から…ぁ…」

乳首から手を離されると淋《さび》しくなってしまい、ルネは胸を張って乳首を突き出すようにして愛撫をねだった。

「お願い……おっぱいも……」

ぴくりとヴァレリーがその手を止める。

「どこで覚えたんです？　そんなはしたない言葉を」

「え？　だっておれ、下町で……あっ！　や、ちぎれる……」

「もう一度言ってごらんなさい。浅ましい言葉で私を誘いなさい」

「ヴァレリー、胸も、して……おっぱいもいじめて……ッ…」

本当は言いたくないのに、ヴァレリーの言葉にはまったく逆らえない。

ルネが激しくねだると、ヴァレリーは「いいですよ」と囁《ささや》いて、いきなり胸にくちづけてきた。

「ひゃっ！　あ、溶ける……とけちゃう、あ、あ、舌……転がすの、やだ…ぁ……」

「嫌だからいいんでしょう？　ここもぱんぱんですよ」

ヴァレリーはそう言って、空いた手で性器を包み込むようにして二度三度扱《しご》いた。

「あ……ー……ん……」

もう、どこをどう虐められているのか、自分でもわからなかった。

乳首を舐《な》められ、転がされ——。

「ひっ」

鋭い声になったのは、乳首をきつく嚙まれたせいだった。

一瞬、頭の中が真っ白になる。

びくびくと腰を突き上げるようにして震えたルネは、自分が達《い》きかけたのをまざまざと自覚した。

「大丈夫ですか？」

「乳首、もうやめて……おねがい、ヴァレリー……」

「ここだけでそんなに感じるとは、誤算でした」

ヴァレリーは頷くと、突然、歯にそれを挟んで、そしてもう一方は手でぎゅっと引っ張った。

「あー……ッ！」

不意打ちの強い刺激に、ルネは咄嗟《とっさ》に自分の手で性器を押さえようとしたが、それすら間に合わなかった。

ルネは腰を突き出すようにして、小刻みに身を震わせながら白濁を放った。

「…はあ、ァ……」

虚脱状態になったルネが荒く肩で息をついていると、ヴァレリーが小さく笑って涙の引っかかった目尻《めじり》を舐めてくれた。

「素晴らしい感度ですね、ルネ」

「あんた、意地悪、だ……」

切れ切れにジルが恨みがましく訴えても、ヴァレリーはしれっとしたものだ。

「つらそうだったから、一度出させてあげたのですよ」

どうだか。

ヴァレリーの愛撫は丁重といえば聞こえがいいが、ずいぶん執拗《しつよう》だった。

「いいから、ヴァレリー……もう……」

「まだですよ」

「ンっ！」

以前ならば決して触れなかった臍《へそ》のあたりにまでくちづけられて、ルネの肉体はいっそう汗ばんでいく。

胸と臍だけで、こんなにも感じるのだ。

これでヴァレリーのものを入れられたりしたら、どうなってしまうんだろう……。

好奇心からルネが手を伸ばしてヴァレリーのものに触れると、それまで優位を保っていた彼が、初めて身を硬くするのがわかった。

「ルネ？」

「熱い……ヴァレリー……」

確かにルネがただ弄《もてあそ》ばれているわけでないのは、彼の額《ひたい》に浮かんだ汗と、荒くなったその呼吸のおかげでよくわかった。

「当たり前です」

「あんたも、熱くなるんだ……」

「打算抜きでお互いに抱き合えるのに、熱くならないわけがない」

逆説的な回りくどい物言いも、いかにも理屈っぽい彼らしくて自然と笑いが漏《も》れた。

「じゃあ、抱いてよ」

ルネはそう言うと、ヴァレリーの前でそろそろと膝を立てて自分の腰を浮かせた。

そうすると自分の昂《たかぶ》った部分も何もかもさらけ出すことになってしまうが、恥ずかしくはない。

「ヴァレリーの、中に挿《い》れて」

「……いいんですか？」

「挿れてほしい」

こうしてはしたない格好をしているのに、ヴァレリーの視線を感じると自然と腰が動いてしまう。

挿れられたときのことを想像して、躰が蠟《ろう》のようにどろっと溶けていくのだ。

「……挿れて…ほしくて、もう……熱くなってる」

「今までで一番、色っぽい誘い方だ」

囁いたヴァレリーはルネの額にくちづけてから、体勢を変える。そして、ルネの脚を両手で持ち上げると息づくように震える秘蕾《ひらい》に雄蕊《ゆうずい》を押しつけてきた。

「……ふ……」

緊張と昂奮《こうふん》に、頭の奥がつんと痛んだ。

これから、受精のための雫《しずく》を受け止めるのだ。

そう思うと、ルネの肉体は自然と熱くなっていく。

ずん、と力強い腰の動きで、ヴァレリーがルネの中に入り込んできた。

「あー……ッ」

ヴァレリーが入ってきた、そう認識しただけで小さな絶頂が訪れ、ルネは自然と精を吐き出してしまう。

「どう、ですか?」

「は、いる……入る、中……ッ」

一応ちゃんと教えておこうと、ルネは必死だった。

「ん、あ…ふ、…は、入って…る……あんた、が…あ、もっと、おく……きた…」

ヴァレリーは自分のペースのままに、少しずつ中に沈み込んでくる。深い。今、すごく、躰の奥深くにヴァレリーがいるのを感じた。

以前から何度も重ねているはずの行為なのに、違う……。

躰の一番奥底に、ヴァレリーが自分自身を植えつけようとしているのだ。

「は、あ……あー……、い、い……?」

「私が、ですか?」

掠《かす》れた声で問うヴァレリーの声が、ルネの官能を甘く刺激する。

ゆっくりと侵入を果たした彼の黒髪は汗で濡《ぬ》れ、その目は昂奮に潤んでいた。

そこかしこが汗で濡れ、いつもの取り澄ましたアルノー家の執事はどこにもいない。

ここにいるのは、自分だけのヴァレリーだ。

「うん」

「とてもいい。あなたの中は、熱くて……蒸れてるようだ。いい躰だ」

こんなときまで冷静に表してくるヴァレリーの言葉に、躰がぞくりと震えた。

まるで、言葉でいたぶられているような気分になってしまう。

「褒め、てる…？」

「褒めてます」

ヴァレリーは喉《のど》を震わせて笑い、ルネの頬に自分の額を擦《こす》りつける。

彼らしくない、動物的な仕種《しぐさ》がおかしかった。

「わかりますか」

「濡れてる…」

「ええ、汗だくです」

囁くように耳許で言われ、その声がルネの感覚をますます酔わせていく。

「もっと……奥まで、挿れて……ずぶって……」

「入ってますよ。あなたの心臓の鼓動まで感じそうだ」

二つの躰が、一箇所で重なっている。

ヴァレリーの鼓動と、ルネの鼓動が共鳴しているかのようで。

「なら、動いて……乱暴にして、抉《えぐ》って……」

「いいんですか？」

「して。ぐちゃぐちゃにして……？」

腰に脚を絡《から》めてせがむと、ヴァレリーが大きな律動を送り込んでくる。

「あッ！　す、ごい……うごく、あ、あ、あっ、ヴァレリー……」

「いいですよ、ルネ」

名前を呼ばれるだけで、快楽で下腹部が熱くなってくる。

たまらなかった。

「もっと、そこ、突いて、痛く、して」

「してますよ」

肉と肉がぶつかり、弾《はじ》けるように汗が飛び散った。打ちつけられた腰骨が尻に当たり、その痛みが快感を加速させる。

ヴァレリーが、こんなにも自分を貪《むさぼ》っている。

そう考えると、もう、たまらない――。

「うん、そこ、痺《しび》れて、あ、あっ、アッ、もう、イク……」

「だめです、堪《こら》えて」

掠れて甘いヴァレリーの宥《なだ》めるような声に導かれ、必死でルネは堪えようとしたが、だめだった。

「ヴァレリー、いく……あ、いく、いくっいくっ！」

「！」

襞《ひだ》全体の絞り込むような動きに耐《た》えかね、ヴァレリーもまた達してそこにしとどに体液を注ぎ込んだ。

「は……すごい……」

「たくさん出ているでしょう、あなたの中に」

「ウン……」

「もっと出しますよ。いいですね？」

ルネの許しも聞かずにヴァレリーが力の抜けた躰を今度は四つん這《ば》いにさせ、後ろから挿入を果たした。

「あ、あ、あうッ」

「こちらもいいですね」

「ひ、あっ！　あん、あっ、いい、いい、ヴァレリー……すごく……」

奔放《ほんぽう》に声を上げ、ルネはただ感覚だけを追った。

ヴァレリーが自分の中にいて、襞を擦《こす》り上げる。指擦《かいさつ》されすぎて爛《ただ》れたように熱くなった襞は、もう、摩耗《まもう》してしまうのではないかと思うほどに激しく揺さぶられて。

壊れる。

真っ白になる。

「やだ、だめ、いい、いい、あ、いく、いい…い、いい…ッ…」

シーツを摑んだルネは、ただただ声を上げるほかない。

「ルネ……」

動物的な衝動に駆られて揺すぶられ、一つの肉にまで解体される。

だが、それが心地よくてたまらず、ルネは我を忘れて喘ぎ続けた。

「出しますよ」

「出して、中、いっぱいだして……っ…」

ヴァレリーの匂いをつけて、彼のものにしてほしい。

喘ぐように訴えるルネの中で、どっと熱いものが解き放たれる。引き摺《ず》られるように今度はルネが達し、ぎちぎちと体内のヴァレリーを締めつけた。

「は、ぁ……」

ぐったりと力を抜いたルネがベッドに横たわると、結合を解《ほど》いたヴァレリーがそっと髪を撫《な》でてくれる。

何度も自分を撫でてくれた、この手。

——ルネ。

とても優しい声でヴァレリーが囁いた気がする。

私のルネ、と。

――可愛い。

どれだけ見ていても、見飽きないくらいにこうして眠っているルネは可愛らしい。

こんなふうに甘ったるい感情に駆られるのは、当然、初めてのことだった。

行為のあとに裸で抱き合っているうちに、彼はことりと寝てしまって動かなくなった。

暫《しばら》くうつらうつらしている彼を見つめていたヴァレリーの前で、ややあって、ルネが「ん」と目を覚ました。

「起きたなら、ちょうどいい。躰を拭《ふ》きましょう」

「んー……」

「ルネ、寝惚《ねぼ》けていますか？」

「ううん。あのさ……ヴァレリー」

思ったよりもしっかりした声で、ルネが話しかけてきた。

「はい」

こんなふうに至近距離で語り合うと、ルネの吐息が顎《あご》に触れてくすぐったい。

「あんた、いつまでおれに敬語なの？」

「あなたがその下品な言葉遣いをやめるまでです」

実際こちらのほうが慣れているし、当分変えるつもりはなかった。

ルネがその言葉遣いを直すのであれば、ヴァレリーが考慮するのも吝《やぶさ》かではなかったが。

「そこが不満なの？」

「そうですね」

ヴァレリーが頷くと、暫く黙っていたルネが、意を決したように顔を上げた。

「ヴァレリー、本当におれでいいわけ？」

「くどいですね。そんなに自信がないのですか？」

同じことを何度も言われるのは好きではないし、ルネがどうしてそう尋ねるのかがわからなかった。

本当は早く服を着たかったのだが、こうしてルネの膚《はだ》のしっとりと濡れた心地よい感触を味わっていたい気もした。

こういう感慨に駆られること自体、ヴァレリーにとっては初体験で興味深い。

「だって、ジルのやつ……すごく成長してた。おれなんかの予想より、ずっと」

「確かに感心しましたが、私から見れば二人とも子供です」

「ええっ⁉」

ルネが頓狂《とんきょう》な声を上げて身を起こし、それから「いてて」と顔をしかめた。

どうやら、今の急な動きが躰に障ったらしい。

「あなたたちは私よりも十は年下の子供ですよ」

「……ヴァレリー、年下が好きだったの？」

「あなたが先に私に手を出してきたのでしょう」

ヴァレリーは苦笑し、ルネの鼻を摘まんだ。

「あなたは子供ですが、それだけに将来性がある。それを好ましいと思ったから、あなたを選んだのですよ」

「ホント？」

「はい」

意外にも素直な返答があり、ヴァレリーはまじまじと傍らのルネを見下ろす。

「私はこういうことをくどくど言われるのが好きではないんです。よろしいですか」

「悪かったよ。でも……」

「でも、何ですか？」

彼は布団のあいだに埋もれるようにして、ヴァレリーに背中を向けてから言った。

「――こういうの、よくわからないから」

「何が？」

「恋っていうんだろ」

恋という言葉を、ルネは早口で発音する。

「ええ、そうでしょうね」

「おれ、そういうの……初めてだから。あんたは、俺の初恋なんだ」

ルネがうなじまで真っ赤になってそう言ったのを聞き、ヴァレリーは唇を綻ばせる。

おそるおそる振り返ったルネは、ヴァレリーが笑っているのを見て目を吊り上げた。

「な、何だよ……こういうときそんなふうに笑うの、反則だろ」

「どうして」

「一度あんたがちゃんと笑うところ、見たかったのに。こんなときにそんないい笑顔を見せられたら、怒れなくなる」

ルネの言葉を耳にしたヴァレリーは肩を竦め、覆い被《かぶ》さるようにしてルネの顔を眺める。

「いい顔で笑ってますか？」

「惚れ直すくらいにな」

憎まれ口のつもりなのか、尖《とが》った声で告げるところもとても可愛らしい。

ヴァレリーは微笑んだまま、ルネの耳を無言で引っ張った。

「痛いよ……なに？」

「耳まで赤い」

まるで薔薇《ばら》のようだ。

そこまで言わなかったが、照れたように頬を染めるルネは可憐《かれん》すぎて目を奪われてしまう。

「それって、今、言うべきこと？」

「はい。つまり、可愛いということですから」

ヴァレリーはそう囁くと、強引に振り向かせたルネの唇を啄《ついば》む。

「それに、甘い」

「何が？」

「あなたの唇が」

今度こそ全身真っ赤に染めたルネは、恥ずかしげに目を閉じてヴァレリーのキスを受け止めた。

あとがき

こんにちは、和泉桂です。

このたびは『薔薇と執事』を手に取ってくださり、ありがとうございました。

舞台は十九世紀のフランスと言いつつ、架空時代物に近い雰囲気になりました。この本だけでもお読みいただけますが、前作『百合と悪党』のスピンオフです。「外見は似ているけれど、まるで違う状況の二人」のお話を、貧乏人のルネ側から描きました。こういう時系列が同じスピンオフは滅多にやらないので、苦労する反面、新鮮で楽しかったです。

本作のカップル・ルネとヴァレリーは前作の主人公・ジルに酷い仕打ちをしているので、前作を既読でこの本に挑戦してくださった方には、とても好感度が低いのではないかと思います……。そこから少しでも彼らの印象が変わればいいな、と思って書いてみました。

ルネは下町育ちなので、昼も夜も、できるだけそれっぽくなるようにしてみました。ヴァレリーの片眼鏡は自分的な萌えアイテムで、今回初めて着用させられてよかったです！　あれもしたいこれもしたいと妄想の膨らむ二人で、わくわくしながら執筆しました。

最後に、お世話になった皆様にお礼の言葉を。

前作に引き続き、本作でも挿絵を引き受けてくださった花小蒔朔衣様。同じ顔なのに、ジルとルネの表情の違いが一目でわかるのはすごいなあと、カラーイラストを拝見してしみじみ思いました。美しいイラストの一点一点、届くたびに幸せな気持ちでいっぱいになりました。今作のカップルも魅力的に描いていただけて、作者冥利に尽きます。とてもご迷惑をかけてしまったのが心残りです。本当にどうもありがとうございました。

本作を担当してくださったO様とA様及び校正、印刷所の皆様にも、大変お世話になりました。自分の粗忽さを思い知るばかりですが、何とかすべてが終わってほっとしています。

最後に読者の皆様にも厚く御礼申し上げます。毎度のことながら趣味に走っておりますが、少しでも楽しんでいただけたのであれば、それに勝る喜びはありません。

それでは、また次の本でお目にかかれますように。

和泉　桂

主要参考文献

「シェイクスピア　ヴィジュアル事典」（新樹社）

レスリー・ダントン＝ダウナー&アラン・ライディング著　水谷八也&水谷利美訳

✦初出　薔薇と執事……………書き下ろし

和泉桂先生、花小蒔朔衣先生へのお便り、本作品に関するご意見、ご感想などは
〒151-0051 東京都渋谷区千駄ヶ谷 4-9-7
幻冬舎コミックス　ルチル文庫「薔薇と執事」係まで。

幻冬舎ルチル文庫

薔薇と執事

2013年9月20日　　第1刷発行

✦著者	和泉 桂　いずみ かつら
✦発行人	伊藤嘉彦
✦発行元	株式会社 幻冬舎コミックス 〒151-0051 東京都渋谷区千駄ヶ谷 4-9-7 電話 03(5411)6431［編集］
✦発売元	株式会社 幻冬舎 〒151-0051 東京都渋谷区千駄ヶ谷 4-9-7 電話 03(5411)6222［営業］ 振替 00120-8-767643
✦印刷・製本所	中央精版印刷株式会社

✦検印廃止

ISBN978-4-344-82929-9　C0193　　Printed in Japan